O beijo no leproso

François Mauriac

O beijo no leproso

Tradução
Ivone Benedetti

1ª edição

JOSÉ OLYMPIO

Rio de Janeiro, 2025

Título original: *Le Baiser au lépreux*

Capa: Casa Rex

CIP-BRASIL. CATALOGAÇÃO NA PUBLICAÇÃO
SINDICATO NACIONAL DOS EDITORES DE LIVROS, RJ

M414b Mauriac, François, 1885-1970
O beijo no leproso / François Mauriac ; tradução Ivone Benedetti. - 1. ed. - Rio de Janeiro : José Olympio, 2025.

Tradução de: Le baiser au lépreux
ISBN 978-65-5847-219-3

1. Ficção francesa. I. Benedetti, Ivone. II. Título.

25-99760.0 CDD: 843
CDU: 82-3(44)

Carla Rosa Martins Gonçalves - Bibliotecária - CRB-7/4782

Texto revisado segundo o Acordo Ortográfico da Língua Portuguesa de 1990.

Reservam-se os direitos desta tradução à
EDITORA JOSÉ OLYMPIO LTDA.
Rua Argentina, 171 – 3o andar – São Cristóvão
20921-380 – Rio de Janeiro, RJ
Tel.: (21) 2585-2000.

Seja um leitor preferencial Record.
Cadastre-se no site www.record.com.br
e receba informações sobre nossos lançamentos e nossas promoções.

Atendimento e venda direta ao leitor:
sac@record.com.br

ISBN 978-65-5847-219-3

Impresso no Brasil
2025

A LOUIS ARTUS
De seu admirador e amigo

F. M.

I

JEAN PÉLOUEYRE, DEITADO na cama, abriu os olhos. As cigarras ao redor da casa estridulavam. Como um líquido metálico, a luz escorria através das venezianas. Jean Péloueyre, com a boca amarga, levantou-se. Era tão baixo que o baixo espelho do tremó refletia a sua aparência tacanha, suas bochechas encovadas, um nariz comprido, com ponta afilada, vermelho e como que desbastado, parecido com aquelas balas de cevada que as crianças pacientes vão chupando até afinar. Os cabelos rentes avançavam em ângulo agudo sobre sua testa já enrugada: um esgar pôs à mostra suas gengivas, seus dentes estragados. Embora nunca tivesse se odiado tanto, dirigiu a si mesmo palavras lastimáveis: "Saia, vá passear, pobre Jean Péloueyre!" e acariciou com a mão a mandíbula mal barbeada. Mas como sair sem acordar o pai? Entre a uma e as quatro horas, o sr. Jérôme Péloueyre exigia um silêncio solene: aquele tempo sagrado de seu descanso ajudava-o a não morrer de insônias noturnas. Sua sesta entorpecia a casa: nenhuma porta deveria fechar-se ou abrir-se; nenhuma palavra nem um espirro, perturbar o prodigioso silêncio no qual, após dez anos de súplicas e queixas, ele havia treinado Jean, os criados e até mesmo os transeuntes, que tinham se acostumado a baixar a voz sob suas janelas. As carroças, desviando, evitavam passar à sua porta. Apesar dessa cumplicidade em torno de seu sono, assim que acordava, o sr. Jérôme denunciava um choque de pratos, um latido, uma tosse. Estaria convencido de que um silêncio absoluto lhe teria garantido o descanso sem fim, ligado à morte como um rio ao oceano? Acordando sempre mal e tiritando mesmo durante o auge do calor, sentava-se com um livro perto do fogo da cozinha; seu crânio calvo refletia a chama; Cadette ocupava-se de seus molhos, sem dar ao patrão mais atenção do que aos presuntos pendentes das vigas. Ele, ao contrário, observava a velha camponesa, admirando que, nascida no tempo de Luís Filipe, de revoluções, de guerras, de tanta história, ela não tivesse conhecido nada, afora o porco que alimentava e cuja morte a cada Natal umedecia seus olhos remelentos com míseras lágrimas.

Apesar da sesta paterna, a canícula de fora atraiu Jean Péloueyre; principalmente porque ela lhe garantiria uma solidão: ao longo da estreita linha de sombra das casas, ele deslizaria sem que nenhuma risada saísse das soleiras das portas onde as moças costuram. Sua fuga miserável provocava a zombaria das mulheres; mas elas ainda estão dormindo por volta da segunda hora da tarde, suando e gemendo por causa das moscas. Abriu, sem nenhum rangido, a porta lubrificada, atravessou o vestíbulo, onde os armários despejam odor de compotas e bolor, e a cozinha, sua catinga de gordura. Suas alpercatas pareciam até aumentar o silêncio. Debaixo de uma cabeça de javali, desenganchou sua calibre .24, conhecida por todas as pegas-rabudas da região: Jean Péloueyre era inimigo jurado delas. Várias gerações tinham deixado coisas no bengaleiro: a bengala-espingarda do tio-avô Ousilanne, a vara de pesca e a bengala de estoque do avô Lapeignine, além daquelas de ponteira ferrada que lembravam veraneios em Bagnères-de-Bigorre. Uma garça empalhada adornava um aparador.

Jean saiu. Como a água de uma piscina, o calor abriu-se e fechou-se à sua volta. Estava para ir ao lugar onde o riacho, a ponto de atravessar a aldeia, concentra sob um bosque de amieiros seu hálito gelado, o cheiro das fontes. Mas, no dia anterior, os mosquitos tinham-no importunado por lá; além disso, seu desejo era dirigir umas palavras a algum ser vivo. Então, rumou para a casa do Doutor Pieuchon, cujo filho Robert, estudante de medicina, tinha voltado naquela mesma manhã para passar as férias.

Não havia vivalma, nada parecia viver; mas, através das venezianas entreabertas, às vezes o sol iluminava lunetas levantadas sobre uma testa de velha. Jean Péloueyre caminhou entre dois muros cegos de jardins. Gostava daquela passagem porque nenhum olho ficava ali de emboscada, e ele podia se entregar às suas meditações. Meditar, nele, não acontecia sem contrações da testa, gestos, risadas, versos declamados – toda uma pantomima da qual a aldeia zombava. Aqui, as árvores indulgentes fechavam-se sobre os seus colóquios solitários. Ah! No entanto, como ele teria preferido o emaranhado das ruas de uma grande cidade, onde, sem que os transeuntes se virassem, se pudesse falar a si mesmo! Pelo menos era o que Daniel Trasis garantia a Jean Péloueyre em suas cartas. Aquele amigo, contra a vontade da família, "se lançara na literatura" em Paris. Jean imaginava-o de corpo encolhido, depois saltando na multidão parisiense, afundando nela como um mergulhador; na certa, agora nadando, ofegante em direção a objetivos precisos: fortuna, glória, amor, todos os frutos proibidos à tua boca, Jean Péloueyre!

Com passos silenciosos, entrou na casa do médico. A criada disse-lhe que aqueles senhores tinham almoçado na cidade; Jean decidiu esperar o moço Pieuchon, cujo quarto dava para o vestíbulo. Aquele quarto assemelhava-se tanto ao rapaz, que quem o visse já não desejava conhecer seu habitante: na parede, um suporte de cachimbos, cartazes do baile dos estudantes; na mesa, uma caveira ultrajada por um cachimbinho na boca; livros comprados para os tempos livres das férias: *Afrodite*, *A orgia latina*, *O jardim dos suplícios*, *Diário de uma camareira*. Os *Trechos escolhidos* de Nietzsche atraíram Jean: ele os folheou. Um cheiro de roupas usadas por um estudante no verão vinha do baú aberto. Então, Jean Péloueyre leu o seguinte: "O que é bom? – Tudo o que eleva no homem a sensação de poder, a vontade de poder, o próprio poder. O que é ruim? – Tudo o que provém da fraqueza. Os fracos e os malogrados devem sucumbir. E ainda devem ser ajudados nisso! O que é mais danoso do que qualquer vício? – A compaixão ativa por todos os malogrados e fracos – o Cristianismo..."

Jean Péloueyre largou o livro; aquelas palavras entravam nele como num quarto entra o abrasamento de uma tarde quando abrimos as venezianas. Instintivamente, ele foi de fato à janela, entregou o quarto do amigo ao fogo do céu, depois releu a frase atroz. Fechou os olhos, abriu-os, contemplou seu rosto no espelho: Ah! Pobre figura de landês ladino, de "landousquet", como era chamado no colégio, triste corpo no qual a adolescência não soubera realizar seu habitual milagre, lastimável presa para o poço sagrado de Esparta! Ele se viu aos cinco anos, com as irmãs: apesar da alta posição dos Péloueyre, os primeiros lugares, as melhores notas se destinavam às crianças cacheadas e bonitas. Lembrou-se de um exercício de leitura em que, apesar de ter lido melhor do que qualquer outro, foi classificado em último lugar. Jean Péloueyre às vezes se perguntava se sua mãe, morta de tuberculose, que ele não conheceu, o teria amado. O pai gostava dele, como um reflexo sofrido de si mesmo, como sua sombra raquítica neste mundo que ele atravessava de chinelas ou deitado no fundo de uma alcova perfumada de valeriana e éter. A irmã mais velha do sr. Jérôme, a tia de Jean, sem dúvida o teria execrado, mas o culto que dedicava a seu filho, Fernand Cazenave, homem considerável, presidente do Conselho Geral, com quem ela vivia em B..., era uma adoração que a absorvia a tal ponto que os outros se apagavam; ela não os via; no entanto, às vezes, com um sorriso ou uma palavra, ela tirava Jean Péloueyre do nada, porque, em seus cálculos, aquele filho de um pai enfermiço, aquele pobre ser votado ao celibato e à morte prematura, canalizaria a fortuna dos Péloueyre em benefício de Fernand Cazenave. Jean mediu com um único olhar o deserto de sua vida. Os três anos de colégio ele consumira em amizades zelosamente ocultadas: nem aquele colega Daniel Trasis nem o abade professor de retórica compreenderam seus olhares de cão perdido.

Jean Péloueyre abriu o livro de Nietzsche em outra página; devorou o aforismo 260 de *Para além do bem e do mal*, que diz respeito às duas morais: a dos senhores e a dos escravos. Olhava para o seu rosto, que o sol queimava, sem que parecesse menos amarelo, e repetia as palavras de Nietzsche, compenetrava-se de seu sentido, ouvia-as troar por dentro, como uma ventania de outubro. Por um instante, acreditou ver aos seus pés, como um carvalho desenraizado, a sua Fé. Sua Fé acaso não estava lá, jacente, naquele dia tórrido? Não, não: a árvore ainda o abraçava com suas mil raízes; após essa rajada, Jean Péloueyre reencontrava no coração sua sombra amada, o mistério sob aquelas copas densas e imóveis novamente. Mas de repente descobria que a Religião tinha sido sobretudo um refúgio para ele. Para o órfão feioso ela tinha aberto uma noite consoladora. Alguém sobre o altar ocupava o lugar dos amigos que ele não tivera, e a Virgem era herdeira da devoção que ele teria dedicado à mãe segundo a carne. Todas as confidências que o sufocavam derramavam-se no confessionário ou em suas mudas preces ao crepúsculo – quando o vaso sombroso da igreja recolhe o que resta de frescor no mundo. Então o vasinho de seu coração se partia junto a pés invisíveis. Se tivesse os caracóis de Daniel Trasis, aquele rosto que desde a infância as mulheres nunca deixaram de acariciar, por acaso Jean Péloueyre teria ingressado no rebanho das velhas e das criadas? Ele era um daqueles escravos que Nietzsche denuncia; discernia em si a expressão abatida deles; trazia no rosto uma condenação inelutável; todo o seu ser era construído para a derrota – tal como o pai, aliás, tal como o pai, devoto também, porém mais instruído que Jean em teologia e ainda recentemente leitor paciente de Santo Agostinho e de São Tomás de Aquino. Jean, pouco preocupado com doutrina e professando uma religião de efusões, admirava o fato de a religião do sr. Jérôme ser racional acima de tudo. Mesmo assim, lembrava-se daquela frase que seu pai gostava de repetir: "Sem a Fé, o que teria sido de mim?" Fé que, aliás, não chegava ao ponto de desafiar um resfriado para ouvir a missa. Nas grandes festas, o sr. Jérôme era instalado na sacristia superaquecida, de onde acompanhava a cerimônia todo agasalhado.

Jean Péloueyre saiu. Novamente, entre os muros cegos e sob a silenciosa indulgência das árvores, ia caminhando, gesticulando; às vezes fingia acreditar-se sem o lastro de sua crença: aquela boia que o sustentara na vida faltava-lhe de repente. Nada mais! Nada mais! Saboreava aquele despojamento; para seus lábios afluíam reminiscências escolares: "Minha desgraça ultrapassa minha esperança... Sim, te louvo, ó Céu, por tua perseverança..."* Um pouco mais à frente, demonstrava às árvores, aos montes de pedras e aos muros que entre os cristãos existem Senhores e que os Santos, as grandes Ordens, toda a Igreja universal oferecem um sublime exemplo de vontade de poder.

Agitado por tantos pensamentos, só recuperou a consciência ao ouvir o ruído de seus passos no vestíbulo – ruído que, no primeiro andar, desencadeou um gemido; uma voz chorosa e sonolenta chamou Cadette; então as chinelas da empregada se arrastaram na cozinha; o cão latiu; abriram-se venezianas: o despertar do sr. Jérôme desentorpecia a casa. Era a hora de seus olhos inchados, de sua

* Fala de Orestes na cena 5 do V ato de *Andrômaca* de Racine. [N.T.]

boca amarga, quando sua concepção do mundo atingia o ponto mais sombrio. Jean Péloueyre refugiou-se, portanto, na "sala de visitas", fresca como um porão. Papéis mofados deixavam à mostra o salitre das paredes. Lá, um relógio de pêndulo não fragmentava o tempo para ouvidos humanos. Ele afundou numa poltrona capitonê, olhou, dentro de si, para o lugar onde sua fé sofria e se impregnava de angústia. Uma mosca zumbia, pousava. Então um galo cantava – depois um breve trinado de pássaro – depois um galo de novo... O relógio soou uma meia hora – um galo..., os galos... Ele dormiu até a hora tão doce em que, percorrendo ruelas desertas, tinha o costume de chegar à menor porta da igreja e se insinuar na escuridão aromática. Não iria então a esse encontro – o único alguma vez marcado com o inseto Jean Péloueyre? Não foi, mas dirigiu-se ao jardim, onde o sol poente o fez dizer: o calor vai amainar. Borboletas brancas palpitavam. O neto de Cadette regava as alfaces – um belo rapagote de tamancos e sem meia, o queridinho das garotas, de quem Jean Péloueyre fugia, envergonhado por ser o patrão: não caberia a ele, insignificante, servir aquele triunfante e juvenil deus hortícola? Nem de longe ele se atrevia a lhe sorrir; com os camponeses, sua timidez atingia a paralisia. Muitas vezes tentara ajudar o padre no patronato ou no círculo de estudos, e sempre, paralisado pela vergonha, estúpido, alvo de risadas, voltara para a sua noite.

Enquanto isso, o sr. Jérôme seguia a aleia ladeada por pereiras podadas em forma de cone, de heliotrópios, de resedás, de gerânios, cujos cheiros não se sentiam porque o imenso buquê redondo de uma tília enchia com o seu hálito a terra e o céu. O sr. Jérôme arrastava os pés. A barra das calças ficava presa entre o tornozelo e o chinelo. Seu chapéu de palha deformado era orlado de chamalote. Levava nos ombros uma velha romeira de tricô esquecida pela irmã. Jean reconheceu um Montaigne nas mãos paternas. Será que *Os ensaios*, tal como a sua religião, lhe forneciam subterfúgios para adornar com o nome de sabedoria sua renúncia a qualquer conquista? Sim, sim, repetia Jean Péloueyre, aquele pobre homem chamava ora de estoicismo, ora de resignação cristã a imensa derrota da sua vida. Ah! Como Jean se sentia lúcido! Amando e lastimando o pai, como naquele momento, ele o desprezava! O doente lamentou-se: dores na nuca, falta de ar, vontade de vomitar... Um arrendatário batera à sua porta, Duberne d'Hourtinat, exigindo um novo quarto para alojar o armário da filha casada! Onde ele poderia sofrer tranquilo? Onde poderia morrer em paz? Para completar, o dia seguinte era uma quinta-feira, dia de feira na praça e também dia de invasão: a irmã Félicité Cazenave e o sobrinho seriam os reis da casa; naquela madrugada nefasta, os animais da feira acordariam o doente; o carro dos Cazenave, troando diante da porta, anunciaria a presença do flagelo semanal. A tia Félicité invadiria a cozinha, subverteria o regime do irmão em nome do regime do filho. À noite, a dupla deixaria para trás Cadette em lágrimas e o patrão sufocando.

Rastejando e fraco diante do inimigo, o sr. Jérôme alimentava em segredo seu ressentimento. Resmungava com tanta frequência que "ia fazer a cama" dos Cazenave, que naquele dia Jean Péloueyre não prestou atenção ao que o pai lhe sussurrava: "Vamos pregar-lhes uma peça, Jean, desde que você esteja disposto a colaborar... Mas você vai querer?" Jean, a mil léguas dos Cazenave, sorriu. Enquanto isso, seu pai o observava e dizia: "Você deveria ser mais vaidoso na sua idade; como está mal-ajambrado, meu pobre moleque!" Embora o sr. Jérôme nunca tivesse demonstrado se preocupar com seus trajes, Jean Péloueyre não fez nenhuma pergunta; não pressentiu nada do que se preparava naquela encruzilhada de seu destino; tinha pegado o Montaigne das mãos do pai e lido a seguinte frase: "Quanto a mim, louvo uma vida escorregadia, sombria e muda..." Ah! sim, a vida deles era escorregadia, sombria e muda a mais não poder! Os Péloueyre observavam uma brisa ondular a água da cisterna, agitada por girinos em torno de uma toupeira morta. O sr. Jérôme acreditou sentir o sereno, dirigiu-se para a casa. Sem ter o que fazer, Jean enfiou a cabeça na abertura de uma poterna dos fundos do pomar, que dava para a viela. Vendo-o, o neto de Cadette, que estreitava uma moça contra o corpo, soltou-a como quem deixa cair um fruto.

II

JEAN PÉLOUEYRE QUASE não dormiu naquela noite. Suas janelas estavam abertas para a noite leitosa – a noite mais barulhenta que o dia por causa dos brejos coaxantes. Mas os galos, principalmente, não param de cantar até o amanhecer, cansados de saudar a obscura e enganadora claridade das estrelas. Os do burgo avisam os das fazendas, e, em sequência, vão todos respondendo: "É um grito repetido por mil sentinelas..."* Em sua vigília, Jean se embalava com esse verso murmurado indefinidamente. As janelas eram um recorte a facão de um firmamento devorado por astros. Jean levantava-se descalço, olhava os mundos e chamava-os por seus nomes, debatendo sem se cansar o problema formu-

* Verso do poema "Os faróis", de Baudelaire. [N.T.]

lado na véspera: teria ele aderido a uma metafísica ou a um sistema de consolações engenhosas? Sem dúvida havia muitos crentes entre os Mestres. Mas será que Chateaubriand alguma vez hesitou em trocar sua eternidade por uma carícia? Quantas vezes Barbey d'Aurevilly traiu o Filho do Homem por um beijo? Acaso não triunfaram na mesma medida em que traíram seu Deus?

Já no amanhecer, os lamentos dolorosos dos leitões acordaram Jean. Como em todas as quintas-feiras, ele evitou abrir as venezianas, para que a feira não o visse. Na calçada, junto à janela, a senhora Bourideys, armarinheira, deteve Noémi d'Artiailh para lhe perguntar se já tinha almoçado. Jean Péloueyre olhava com gula para aquela Noémi, que tinha dezessete anos. Sua cabeça castanha e encaracolada de anjo espanhol não era feita para um corpo tão compacto; mas Jean adorava o contraste de um corpo jovem e robusto, mal talhado, e de um rosto seráfico que levava as senhoras a dizer que Noémi d'Artiailh era bonita como uma pintura. A virgem de Rafael atarracada, ela despertava em Jean o melhor e o pior, incitava-o a elevados pensamentos como a baixos deleites. Em seu pescoço e em sua suave garganta já luzia a umidade. Pestanas indefinidas somavam-se à castidade das longas pálpebras escuras: um rosto ainda banhado de vaga infância, virgindade de lábios pueris – e, de repente, aquelas mãos fortes de garoto, aquelas panturrilhas que, rentes ao calcanhar, comprimidas por cadarços, mereciam o nome de tornozelos! Jean Péloueyre olhava sorrateiramente para aquele anjo; o neto de Cadette, por sua vez, podia olhá-la de frente: os rapazes bonitos, mesmo os do povo, têm o direito de olhar todas as moças. Mal e mal, na missa solene, quando ela atravessava a nave e roçava a cadeira de Jean Péloueyre, ele se atrevia a aspirar o ar agitado por seu vestido de percal, cheiro de sabonete e roupa limpa. Jean Péloueyre suspirou, vestiu a camisa da véspera, que era também da antevéspera. Seu corpo não merecia nenhum cuidado; usava uma jarra emborcada numa bacia minúscula para poder fechar a tampa da cômoda sem quebrá-la. Sob a tília do jardim, não recitou sua oração, mas leu o jornal de forma que o papel escondesse seu rosto do neto de Cadette. O miserável assobiava! Com um cravo vermelho na orelha, ele estava brilhante e luzidio como um frango. Um cinto lhe apertava as calças índigo na cintura. Jean Péloueyre o odiava vilmente e sentia-se horrorizado por odiá-lo. Não o consolava o pensamento de que aquele rapaz se tornaria um camponês horrendo, pois outro rapaz, também forte e bem-apessoado, regaria as alfaces – da mesma forma que palpitariam outras borboletas brancas, semelhantes às daquela manhã. "Ó minha alma", disse Jean Péloueyre, "minha alma, nesta manhã de verão ainda mais feia que o meu rosto!"

Reconheceu na casa a voz flautada do padre. O que viria ele tramar àquela hora que não era a de sua visita diária? Especialmente naquele dia, como ousava arriscar um encontro com Fernand Cazenave, que ficava furioso só de ver um eclesiástico? Escondido atrás da tília, Jean Péloueyre viu Fernand passar correndo, como sempre fazia cinco minutos antes das refeições. A mãe o seguia, ofegante. Seu corpanzil pernalta, seu tronco esférico, sua cabeça de velha Juno presa aos seios – toda aquela máquina forte, enguiçada, gasta, obedecia às ordens do filho amado, como se, pressionando um botão, ele pusesse um mecanismo em movimento. O conselheiro teve a bondade de parar para esperá-la; enxugou com o lenço a testa que escorria e o couro interno do chapéu de palha. Divindade carrancuda, suava debaixo do tecido de alpaca. Por trás dos óculos, seus olhos metálicos não refletiam nada do mundo. A mãe abria-lhe caminho, quebrando os seres como se fossem ramos. Contava-se que ela tinha dito um dia: "Se Fernand se casar, minha nora morrerá." Nenhuma nora se atreveu a tanto, e que jovem teria consentido em escovar, alimentar aquele homem de alta posição, habituado, já com mais de cinquenta anos, aos cuidados da primeira infância? O ângelus desfez-se no calor. Jean Péloueyre ouviu o conselheiro resmungar: "Sinos nojentos."

Ele só deslizou até a mesa quando já lá estavam a tia e Fernand engravatados com os respectivos guardanapos. O sr. Jérôme, atrasado, sentou-se com as costas curvadas e medrosas, mas com olho vivo, e atreveu-se a confessar que o padre o retivera. Com a cabeça afundada nos ombros, os Péloueyre esperaram a tempestade que só irrompeu na hora do pernil. Servido em primeiro lugar, Fernand Cazenave, com o garfo no ar, interrogava o rosto materno. Félicité cheirou o bocado, virou-o, depois deixou cair a sentença: "Cozido demais!" Então a dupla afastou os respectivos pratos em conjunto. Cadette apareceu com olhos de ave perseguida, defendendo o seu pernil num patoá lamuriento – barulho inútil, pois o conselheiro acabou por saciar a fome com a carne cozida demais. Empanzinado, desculpou-se por não ter ido primeiro cumprimentar o tio Péloueyre; mas tinha visto no vestíbulo um chapéu eclesiástico: os Péloueyre sabiam que padres lhe causavam horror físico. Sem levantar os olhos, com sua voz monótona, o sr. Jérôme pronunciou: "Foi para me falar de você, Jean, que o senhor cura veio aqui. Acredita que ele quer te casar?" Fernand riu e disse que aquilo não era sério: "Por quê? Jean está para fazer vinte e três anos." Então Fernand Cazenave explodiu: no que aquele abatinado se imiscuía? Com que direito metia o nariz nos assuntos da família? Perdendo toda a compostura, atreveu-se a perguntar em voz baixa se Jean pelo menos era "casável". Com uma piscadela, a mãe chamou a atenção do malcriado. "Seria ótimo se Jean se casasse", disse ela, "faltava aqui uma dona de casa. Ah! Sem dúvida as jovens têm humores estranhos, e o regime de Jérôme sofreria alguma perturbação." Fernand, acalmado, aprovou: Jean, claro, poderia formar família. Mas isso não lhe traria infelicidade? O caro garoto já tinha hábitos, manias, como um velho solteirão. A tia Félicité insinuou que seu irmão teria motivos, se fosse o caso, para não morar com o jovem casal. Evidentemente, o golpe seria duro. E recordou as partidas malogradas de Jean Péloueyre para o colégio, quando, já com o lugar reservado, o enxoval preparado, a carruagem à porta, o pai, no último segundo, o impedia de ir.

Preocupado, mas não querendo duvidar de que toda aquela história de casamento fosse invenção ardilosa do sr. Jérôme, Jean, alheando-se, de fato se lembrou daquelas noites de 2 de outubro, quando esperava debaixo de chuva a antiga berlinda que, atravessando o Bazadais,* deveria levá-lo até a casa de caridade onde as crianças de Landes sonham com caçadas debruçadas sobre seus dicionários. Pedaços de um papel florido ainda estavam colados ao seu baú, que tinha sido de um tio-avô. O sr. Jérôme

* Bazadais (*Vasadés*, em gascão) é uma antiga circunscrição dividida entre as províncias da Gasconha e de Guiene, situada no sudeste do atual departamento da Gironda. [N.T.]

soluçava, fingia um ataque, tamanha a sua covardia diante do minuto de angústia de uma separação! Sem dúvida, desde aquela época, o pobre homem exigia silêncio, mas um silêncio um pouco perturbado por aquela pequena vida sofredora de Jean ao seu lado. Assim, Jean Péloueyre tinha estudado com o padre até os quinze anos e só foi ao colégio para o bacharelado... Que fantasia súbita de casá-lo era aquela? Jean lembrou-se das palavras estranhas do pai, na véspera, no jardim... Mas o que o perturbava? Ele repetia para si mesmo que um Jean Péloueyre não é "casável"... Era uma loucura os Cazenave transformarem em tragédia aquela farsa. Agora insistiam em saber o nome da jovem eleita; a hora da sesta possibilitou ao sr. Jérôme esquivar-se de qualquer pergunta. A dupla, apesar do calor, ficou vagando pelo jardim, e Jean, angustiado, espreitava do corredor os colóquios dos dois.

Com o som do arranque que indicava a partida dos dois, o doente despertou, e Jean, assim que reconheceu o arrastar dos chinelos paternos, entrou no cheiro de remédios que saturava o quarto. Naquela mefítica oficina, foi-lhe revelado que estavam pensando, sem rir, em lhe dar uma mulher, uma mulher que era Noémi d'Artiailh. O espelho basculante refletia o corpo de Jean, mais seco que a urze das charnecas incendiadas. Ele balbucia: "Ela não vai me querer" – e estremece ao ouvir estas palavras inauditas: "Ela foi sondada e não demonstrou nenhuma repugnância..." Para os d'Artiailh, é um belo sonho, eles não conseguem acreditar na sua felicidade. Mas Jean balança a cabeça e, com as mãos estendidas, parece defender-se contra a miragem. Uma jovem nos seus braços, consentindo? A Noémi da missa, a Noémi cujos olhos, semelhantes a flores negras, ele nunca conseguiu olhar de frente? O ar agitado por seu corpo misterioso, quando atravessava a nave da igreja, Jean Péloueyre acolhia na própria carne como o único beijo que alguma vez conheceu. No entanto, o pai lhe revela suas intenções, que são as mesmas do padre: é importante que os Péloueyre façam descendência e que nada deles corra o risco de passar para a tia Félicité e para Fernand Cazenave. O sr. Jérôme acrescenta: "Você sabe, o que o padre quer, ele quer mesmo." Jean sorri, um esgar; o canto do lábio treme, e ele diz: "Eu vou lhe causar horror." O pai não pensa em protestar; como nunca foi amado, não imagina que o filho possa conhecer essa felicidade. Mas, com complacência, menciona as virtudes de Noémi, que o senhor padre escolheu entre todas e que edifica a paróquia. Ela pertence àquela raça que não busca no casamento nenhuma alegria carnal; mulher de deveres, submissa a Deus e ao esposo, será uma daquelas mães que ainda existem e cuja ignorante candura nada é capaz de alterar, ainda que ela engravide muitas vezes. O sr. Jérôme dá uma tossidinha, emociona-se um pouco: "Sabendo que você está bem casado e a salvo dos Cazenave, eu morreria em paz..." O padre queria queimar etapas: Jean poderia já no dia seguinte ir ver Noémi; ela o esperaria depois do almoço, na casa paroquial, onde a senhora d'Artiailh encontraria um pretexto para deixá-los a sós. O sr. Jérôme falava rápido, nervoso por causa da discussão inevitável, da recusa de Jean que teria de ser vencida, e seus dedos tremiam. Jean, apavorado, não encontrava palavras. Que vergonha sentir tal terror! Não estaria, afinal, na hora de escapar do rebanho de escravos e agir como senhor? Aquele minuto único lhe era dado para romper a corrente, tornar-se homem. Como estava sendo pressionado a responder, fez um vago sinal de assentimento.

Mais tarde, pensando naquele segundo em que seu destino se decidiu, ele admitiu que dez páginas de Nietzsche mal compreendidas o determinaram. Ele escapuliu, deixando o sr. Jérôme estupefato com uma vitória tão fácil e impaciente para anunciá-la na paróquia.

Foi o tempo de descer a escada, e Jean Péloueyre já estava acostumado ao prodígio, sentia-se imperceptivelmente menos casto. Virgem, era-lhe revelado que sua virgindade talvez não fosse eterna. Dentro de si, ousou despertar uma imagem, fixava com ousadia os olhos escuros de tal visão; ah! era suficiente para desfalecer! Jean Péloueyre sentiu o desejo de tomar banho. Como acontece a muitas banheiras das terras girondinas, a dos Péloueyre estava cheia de batatas, e Cadette precisou livrar-se delas.

Depois do jantar, Jean Péloueyre atravessou a aldeia. Cuidava-se para não fazer nenhum gesto e não falar sozinho. Rígido, formal, cumprimentava cada grupo diante das portas, que subitamente silenciava com a sua aproximação, como rãs de um brejo; mas nenhuma risada irrompeu. Finalmente, ultrapassadas as últimas casas, na estrada ainda descolorida, entre duas legiões negras de pinheiros que sopravam sobre ele um alento de estufa, com milhares de vasos cheios de resina perfumando como incensórios a catedral silvestre, ele pôde rir, sacudir os ombros, estalar os dedos, gritar: "Eu sou um Senhor, um Senhor, um Senhor!" e repetir, marcando a cesura, o seguinte dístico: "Por qual secreto engenho – por qual encadeamento – o céu trouxe até mim – tal acontecimento?"

III

Jean Péloueyre receia que a conversa morra: o medo do silêncio incita o padre e a senhora d'Artiailh a tocar em todos os assuntos, a dissipá-los em excesso; em breve não encontrarão mais nada para dizer. Como uma flor de magnólia dilatada para fora do vaso, o vestido de Noémi transborda da cadeira. Aquele pobre salão, onde Deus está em toda parte, em todas as paredes e na lareira, é impregnado por seu cheiro de mocinha, num dia fulvo de julho – semelhante àquelas flores demasiado inebriantes que seria prudente não deixar no quarto à noite. Jean vira, não a cabeça, mas os olhos; inspeciona Noémi, que, descida de sua coluna e vista de tão perto, aparece-lhe como que através de uma lupa. Ele procura avidamente os defeitos, as "fissuras" naquele metal vivo e vibrante: nas asas do nariz, pontos escuros;

na base da garganta, a pele deve ter sido queimada por uma tintura de iodo velha demais. Uma palavra do padre a faz rir brevemente, mas o suficiente para que, da pura sebe de seus dentes, Jean Péloueyre isole um canino um pouco opaco – duvidoso. Seu exame impede que os largos e sombrios olhos se ergam para ele; talvez ele olhe Noémi para não ser olhado por ela. Graças a Deus! O padre sabe falar sozinho e pregar disto e daquilo. Apesar de rechonchudo e baixinho, nada nele é jovial. Apesar da corpulência, transparece a austeridade interior. Pouco compreendido na zona rural, é amado no burgo, onde, sob sua direção, várias almas avançam para o alto e para longe na vida espiritual. Como é frequente, aquele manso possui a terra. Ele é pura suavidade, pura compunção, mas sua vontade flexível nunca se rompe. Desvia do baile dominical as mais belas moças e confronta benignamente as investidas amorosas dos rapazes; ninguém sabe que ele reteve a administradora do posto do correio à beira do adultério. Ora, ele decidiu que não era bom que Jean Péloueyre ficasse sozinho; e importa sobretudo a esse pastor que a casa Péloueyre não se torne um dia a casa Cazenave; que o lobo não se esconda no aprisco.

Jean nunca tinha reparado como a respiração das mulheres é elevada: inflando, a garganta de Noémi quase lhe tocava o queixo. Sem mais tentar fingir, o padre levantou-se, dizendo que aquelas queridas crianças talvez quisessem trocar confidências; e convidou a sra. d'Artiailh a ir admirar no jardim as promessas de Rainha-Cláudia.*

Na sala escura, como que para uma experiência de entomologia, no momento só há aquele pequeno macho preto e apavorado diante da fêmea maravilhosa. Jean Péloueyre para de se mexer, já não levanta os olhos: agora é inútil; ei-lo prisioneiro dos olhares fixos sobre ele. A virgem mede com o olhar aquela larva que é seu destino. O belo jovem de rostos intercambiáveis, o companheiro do sonho de todas as jovens – aquele que lhes oferece nas insônias o peito rijo e a correia apertada de dois braços –, esse se dilui no crepúsculo daquela casa paroquial, funde-se até ser tão somente, no canto mais escuro do salão, aquele grilo desesperado. Ela olha seu destino, sabendo-o inelutável: não se recusa o moço Péloueyre. Os pais de Noémi, vivendo na angústia de que o jovem se esquive,

* Alusão à variedade de ameixa rainha-cláudia. [N.T.]

não imaginam sequer que alguma objeção venha da filha; ela também não pensa nisso. Há quinze minutos, tudo o que a vida deve lhe dar está ali, roendo as unhas, contorcendo-se numa cadeira. Ele se levanta, e parece ainda mais baixo de pé do que sentado, e fala, balbucia uma frase que ela não ouve e ele repete: "Eu sei que não sou digno..." Ela protesta: "Oh! Senhor!..." Ele se entrega a uma crise insana de humildade, reconhece que não pode ser amado e só pede permissão para amar. As palavras lhe chegam, as frases se organizam. Ele esperou até os vinte e três anos para explicar seu coração a uma mulher. Gesticula como se estivesse sozinho para descrever sua bela alma, e, de fato, está bem sozinho.

Noémi olhava para a porta e não se surpreendia; sempre ouvira dizer de Jean Péloueyre: "É uma figura, é meio maluco." Ele falava, e a porta continuava fechada; não havia vivalma naquela casa paroquial além daquele homem e os seus gestos. Noémi ficou perturbada; sufocada pelo desejo de chorar. Jean finalmente se calou, e ela teve medo, como que num quarto onde se sabe que entrou e se escondeu um morcego. Quando o padre e a sra. d'Artiailh voltaram, ela enlaçou os braços em torno do pescoço da mãe sem imaginar que aquela efusão pudesse ser um consentimento. Mas o padre já esfregava sua face contra a de Jean. As damas foram embora sozinhas para não despertar a curiosidade das vizinhas. Entre venezianas encostadas, acaso Jean Péloueyre terá visto – perto da sra. d'Artiailh, que, aguda e seca, seguia na rabeira, meio de lado, como os cães – aquele vestido de Noémi, aquele vestido um pouco fanado que não desabrocharia mais, aquela nuca curvada, flor menos viva, flor já cortada?

Aquele rapaz selvagem, acostumado a ficar escondido, longe da sociedade, que tinha como única preocupação não ser visto, passou vários dias estupefato e estupidificado por causa daquele rumor à sua volta. O destino puxava-o para fora das trevas; como uma fórmula mágica, as palavras de Nietzsche tinham derrubado as paredes de sua cela; com o pescoço encolhido nos ombros e os olhos piscados, ele parecia um pássaro noturno solto na luz do dia. As pessoas ao redor também mudavam: o sr. Jérôme negligenciava seus regimes, cortava tempo da sesta para ir atrás do padre na sacristia; os Cazenave não apareceram mais às quintas-feiras e só deram mostras de existir por meio de mil boatos infames sobre o temperamento de Jean Péloueyre e certas particularidades que o tornavam - dizia-se - impróprio para o estado marital.

Do fundo da sua humildade, Jean Péloueyre admirava que os d'Artiailh pudessem ser invejados por causa dele. Em todos os lugares as pessoas repetiam que, sem dúvida, Noémi merecia a felicidade que tinha. Aquela antiquíssima família estava arruinada. O laborioso sr. d'Artiailh tinha se saído mal de diversos empreendimentos e não se envergonhava de ter um emprego na prefeitura; já não era segredo que, na Páscoa, os d'Artiailh tinham precisado despedir sua empregada doméstica. Jean Péloueyre olhava-se ao espelho e já não se achava tão horrendo. O senhor padre ia por todos os lugares repetindo que o moço Péloueyre, se bem que um pouco desprovido de aparência, era um espírito dos mais distintos. O respeitoso silêncio de Noémi, a cada noite, enquanto, num sofá da sala, Jean Péloueyre ouvia-se a si mesmo falar, inclinava o rapaz a acreditar que, como dizia o senhor padre, uma moça séria valoriza no noivo, acima de tudo, a superioridade espiritual. Diante dela, ele se entregava como outrora a seus solilóquios, fazia caretas, gesticulava, citava versos sem aviso prévio – e aquela bela moça, encolhida no canto do sofá, parecia-lhe tão indulgente para com seus discursos quanto outrora as árvores à beira da estrada vazia. Ele foi longe nas confidências, chegando a lhe falar daquele Nietzsche, que talvez o obrigasse a rever as bases de sua vida moral; Noémi enxugava as mãos úmidas num lencinho embolado e olhava para a porta atrás da qual seus pais cochichavam, sem que – graças a Deus! – ela conseguisse entender o sentido das palavras deles: os rumores sobre o futuro genro perturbavam o senhor d'Artiailh, que, engodado e roubado em todos os meandros da vida, não duvidava de que aquele aparente retorno de fortuna escondesse um desastre. Mas, segundo a senhora d'Artiailh, não se conhecia outro fundamento para tais calúnias além das más intenções dos Cazenave e da distância das mulheres em que Jean Péloueyre se mantivera – fosse por religião, fosse por timidez. Onze horas soavam ao luar; a senhora d'Artiailh abria a porta, sem tossir nem bater, e perdia a esperança de surpreender os jovens numa atitude que desse a pensar. Ela pedia desculpas por incomodar "os pombinhos"; estava na hora, dizia, "do toque de recolher". Jean roçava com os lábios os cabelos de Noémi, depois ia embora em companhia de sua sombra, ao longo das casas. Seu passo vitorioso despertava os cães de guarda que a lua impedia de adormecer novamente; assim, mesmo à noite, ele enchia a aldeia de barulho! O estranho era que ele já não sentia nada da agitação dos tempos em que, na missa, Noémi cortava o ar com seu vestido bem-passado. Ele balançava a cabeça para não pensar naquela noite de setembro em que ela lhe seria entregue. Tal noite nunca chegará: explodirá uma guerra, morrerá alguém; a terra tremerá...

Noémi d'Artiailh, de camisolão, recitava sua prece diante das estrelas. Seus pés descalços gostavam dos ladrilhos frios; ela oferecia o colo suave à compaixão da noite. Não enxugava a lágrima que rolava até o alcance da língua, mas a engolia. O tremor e o odor da tília juntavam-se à via láctea. Por aquela estrada do céu, seus sonhos um pouco loucos já não perambulavam. Os grilos, que estridulavam à beira dos respectivos buracos, lembravam-lhe seu senhor. Certa noite, estendida sobre os lençóis e entregue à noite quente, ela soluçou primeiro em voz baixa, depois gemeu demoradamente e olhou com dó para seu casto corpo intacto, ardente de vida, mas com um frescor vegetal. O que o grilo faria com ele? Ela sabia que ele teria direito a todas as carícias e àquela, misteriosa e terrível, após a qual nasceria uma criança, um pequeno Péloueyre, escurinho e franzino... Ela teria o grilo para toda a vida e até em seus lençóis. Enquanto soluçava, sua mãe apareceu (Ó camisola festonada! Magra trança!). A garota inventou que tinha horror ao casamento e desejava entrar para a ordem das carmelitas. A sra. d'Artiailh, sem protestar, tomou-a nos braços até que os soluços se espaçassem. Depois lhe garantiu que, em tais assuntos, era preciso consultar seu diretor espiritual; ora, não tinha sido o próprio senhor padre que escolhera para ela a via do casamento? Almazinha doméstica, toda ternura e piedade, Noémi era bem capaz de não responder nada. Não lia romances; servia na casa dos pais, obedecia; garantiam-lhe que um homem não precisa ser bonito; que o casamento produz amor como o pessegueiro, pêssegos... Mas teria sido suficiente, para convencê-la, repetir o axioma: "Não se recusa o moço Péloueyre!" Não se recusa o moço Péloueyre; não se recusam quintas, fazendas, rebanhos de ovelhas, pratarias, roupas de dez gerações bem arrumadas em armários largos, altos e perfumados – alianças com o que há de melhor em Landes. Não se recusa o moço Péloueyre.

IV

A TERRA NÃO tremeu; não houve sinais no céu, e a alvorada daquela terça-feira de setembro iluminou suavemente o mundo. Foi preciso acordar Jean Péloueyre, que tinha caído em sono profundo. Os ladrilhos do vestíbulo e a pedra da soleira desapareceram sob o buxo, o loureiro e as folhas de magnólia. Todos os cheiros da casa cederam ao daquele tapete pisoteado. As damas de honra cochichavam e, por causa dos vestidos, não se sentavam. A sala do Cheval-Rouge foi enfeitada com grinaldas de papel. No trem das dez chegaria de B... a refeição totalmente preparada. De todas as estradas afluíam famílias com luvas brancas, trazidas por vitórias. O sol brincava nas cartolas dos cavalheiros, e os camponeses admiravam os rabos de seus fraques.

O sr. Jérôme deixou claro o que pretendia: ficaria na cama. Era sua maneira de ignorar os funerais e os casamentos à sua volta. Em tais circunstâncias solenes, engolia um comprimido de cloral e fechava as cortinas. Todos se lembravam de que, durante a agonia de sua mulher, ele se deitou no último andar da casa e, com a cara virada para a parede, só consentiu em abrir um olho quando teve a certeza de que a última pá de terra tinha coberto o caixão; de que o trem levava o último convidado. No dia do casamento do filho, não quis que Cadette abrisse a porta quando Jean Péloueyre, lívido e reduzido a nada no seu traje, foi lhe pedir a bênção.

Dia terrível! Toda a vergonha de Jean Péloueyre voltou-lhe de uma só vez. Embora o cortejo desfilasse em meio à barulheira dos sinos, seu fino ouvido de caçador não perdeu nada das manifestações de piedade da multidão. Ouviu um rapaz murmurar: Que pena! Algumas moças, trepadas nas cadeiras, abafavam o riso. Entre o altar incendiado e a multidão murmurando, ele vacilava, com as mãos agarradas ao veludo do genuflexório. Não olhava, mas sentia tremer a seu lado o corpo misterioso de uma mulher... O padre lia, lia. Ah! Se seu discurso pudesse nunca acabar! Mas o sol, crivando de confetes os velhos ladrilhos, declinaria – depois se inauguraria o reinado da noite reveladora.

O calor estragara a comida; uma das lagostas cheirava mal. O pudim gelado transformou-se num creme amarelo. As moscas, em vez de fugirem, preferiam deixar-se esmagar nos docinhos, e as mulheres corpulentas sofriam em seus arreios: sudações ativas atravessaram irremediavelmente os corpetes. Só da mesa das crianças partiam gritos de alegria. Do fundo de seu abismo, Jean Péloueyre espreitava os rostos: o que Fernand Cazenave sussurrava a um tio de Noémi? Como um surdo-mudo, Jean adivinhava a frase pelos movimentos dos lábios: "Se tivessem nos ouvido, teria sido possível evitar esse infortúnio, mas, em nossa posição, era muito delicado intervir..."

V

O QUARTO DAQUELA pensão de Arcachon era mobiliado com falso bambu. Nenhum tecido disfarçava os utensílios sob a pia da toalete, e no papel de parede via-se a sujeira de mosquitos esmagados. Pela janela aberta, o alento da bacia tinha cheiro de peixe, sargaço e sal. O ronco de um motor afastava-se em direção às passagens navegáveis. Nos cortinados de cretone, dois anjos da guarda ocultavam seus rostos envergonhados. Jean Péloueyre teve de lutar muito, primeiro contra seu próprio espelho, depois contra uma morta. Ao amanhecer, um gemido fraco marcou o fim de uma luta que durara seis horas. Encharcado de suor, Jean Péloueyre não ousava se mover – mais horrendo que um verme ao lado daquele cadáver finalmente abandonado.

Ela era semelhante a uma mártir adormecida. O cabelo colado à testa, como na agonia, tornava ainda mais magro seu rosto de criança maltratada. As mãos em cruz contra sua garganta inocente apertavam o escapulário um pouco desbotado e as medalhas de santos. Seria preciso beijar seus pés, apanhar aquele corpo macio, sem a acordar, correr, segurando-o assim, em direção ao alto-mar, e entregá-lo à espuma casta.

VI

Embora uma passagem de ida e volta obrigasse o casal a ficar fora três semanas, dez dias após o casamento, ele apareceu de volta na casa dos Péloueyre. A aldeia ficou em alvoroço, e os Cazenave, sem esperarem a quinta-feira, foram correndo perscrutar o rosto de Noémi. Mas a jovem nada revelou de seu coração. Os d'Artiailh e o padre, aliás, puseram um ponto-final nos mexericos: os pombinhos tinham preferido a calma do lar ao tumulto de hotéis e estações – diziam. Na saída da missa cantada, Noémi, muito enfeitada, apertou mãos, sorrindo: se ria, era porque estava feliz. Sua assiduidade na missa diária, porém, não deixou de surpreender. Algumas damas notaram que suas mãos, bem depois da comunhão, não se afastavam de um rosto emagrecido e dolente.

Inferiu-se daquele abatimento que Noémi estava grávida. Tia Félicité apareceu um dia para medir com o olhar furtivo a cintura da jovem. Mas uma conversa secreta com Cadette – velha pitonisa que cuidava da lavagem da roupa – tranquilizou-a. A partir daí, achou de boa política manter-se à parte, não querendo, como dizia, fingir aprovar com sua presença uma união monstruosa, tramada pelos padres. Preparava seu regresso para as primeiras chispas de um drama inevitável.

Enquanto isso, o sr. Jérôme se admirava por sua nora tratá-lo com a paixão de uma irmã de São Vicente de Paulo. Na hora prescrita, ela trazia cada remédio, organizava a refeição segundo um regime rigoroso e, com branda autoridade, impunha a todos um silêncio durante a sesta. Tal como antigamente, Jean Péloueyre escapava da casa paterna, renteando os muros das ruelas desertas. De tocaia atrás de um pinheiro, à beira de um campo de milheto, ele vigiava as pegas-rabudas. Gostaria de reter cada minuto, que a noite nunca chegasse. Mas a sombra já nascia mais cedo. Os pinheiros, à mercê dos ventos de equinócio, retomavam em surdina o queixume que o Atlântico lhes ensina nas areias de Mimizan e de Biscarrosse. Da bastidão das samambaias elevaram-se cabanas de urze, onde os landeses caçam pombos-torcazes em outubro. O cheiro do pão de centeio perfumava o crepúsculo em torno das fazendas. Ao pôr do sol, Jean Péloueyre apanhava as últimas cotovias. À medida que se aproximava da aldeia, seu passo se tornava mais lento. Mais um pouco de tempo! Mais um pouco de tempo, antes que Noémi sofra por senti-lo em casa! Atravessava o vestíbulo de fininho; ela o espreitava, com o candeeiro no alto, e ia até ele com um sorriso de boas-vindas, oferecia-lhe a testa, avaliava o peso do alforje, fazia, enfim, os gestos da esposa feliz com a volta do bem-amado. Mas se mantinha nesse papel apenas alguns minutos e nem por um segundo seria capaz de iludir. Durante a refeição, o sr. Jérôme livrava-os do silêncio: desde que uma jovem enfermeira passara a lhe dispensar cuidados, ele não se cansava de descrever suas sensações. Como se encarregava de receber os arrendatários, Noémi devia falar com ele sobre a propriedade. O sr. Jérôme admirava que aquela mocinha fosse a única na casa capaz de verificar as contas do administrador e de vigiar a venda das toras para minas. Também lhe atribuía o mérito pelos dois quilos que ganhara desde o casamento do filho.

Terminada a refeição, quando o sr. Jérôme cochilava com os pés junto à lareira, os dois esposos encontravam-se cara a cara sem apelação. Jean Péloueyre sentava-se longe do candeeiro, mal respirava, apagava-se na sombra. Mas nada podia impedir que estivesse ali e que Cadette, às dez horas, trouxesse os castiçais. Oh, dura subida para os quartos! O outono chuvoso sussurrava sobre as telhas. Uma folha de veneziana batia; os solavancos de uma carroça afastavam-se. De joelhos contra a cama temida, Noémi pronunciava em voz baixa as palavras de sua oração: "Prostrada diante de Vós, ó meu Deus, dou-Vos graças por me terdes dado um coração capaz de Vos conhecer e de Vos amar..." Jean Péloueyre, na escuridão, adivinhava a retração do corpo adorado e afastava-se o máximo possível. Às vezes, Noémi, avançando uma mão para aquele rosto, menos odioso porque não o via, nele sentia lágrimas quentes. Então, cheia de remorsos e de piedade, tal como num anfiteatro a virgem cristã, num só ímpeto, se lançava sobre a fera, com os olhos fechados, os lábios apertados, e abraçava aquele infeliz.

VII

A CAÇA AO pombo-torcaz serviu a Jean Péloueyre de pretexto para passar os dias longe daquela que, com sua mera presença, ele assassinava. Levantava-se tão silenciosamente que Noémi não acordava. Quando ela abria os olhos, ele já estava longe: uma carroça o carregava pelas estradas lamacentas. Ele desatrelava numa fazenda e, à beira da cabana, escondia-se e assobiava, para o caso de alguma revoada de pombos-torcazes estar à vista. O neto de Cadette gritava que ele podia se aproximar, e a espera começava: longas horas de bruma e devaneio, embaladas pelo som de cincerros, por chamados de pastores, por grasnidos. Às quatro horas, ele já precisava interromper a caçada; mas, para voltar o mais tarde possível, Jean se metia na igreja; não fazia nenhuma prece; sangrava de dor diante de alguém. Muitas vezes vertia lágrimas; parecia-lhe que sua cabeça repousava sobre os joelhos de alguém. Depois, Jean Péloueyre atirava sobre a mesa da cozinha os pombos-torcazes cor de ardósia, com o pescoço ainda inchado de glandes. Seus sapatos fumegavam diante do fogo; ele sentia na sua mão a língua morna de uma cadela. Cadette acrescentava pão à sopa; atrás dela, Jean entrava na sala. Noémi dizia-lhe: "Não sabia que já estava de volta..." E também: "Não vai lavar as mãos?" Então ele ia para seu quarto, onde as venezianas ainda não estavam fechadas: uma lanterna iluminava as rodeiras cheias de chuva... Jean Péloueyre lavava as mãos sem conseguir deixar as unhas limpas e as escondia debaixo da mesa, para que Noémi não as visse. Ele a observava de baixo para cima: como suas orelhas estavam brancas! Ela não tinha apetite. Ele insistia desajeitadamente para que ela comesse mais um pouco de pernil de cordeiro: "Mas eu já disse que não tenho mais fome!" Um sorriso submisso, às vezes os lábios em bico num beijo corrigiam essas breves impaciências. Ela olhava para o marido de frente, como uma agonizante que acredita no céu olha para a morte. Retinha o sorriso nos lábios como se faz para iludir alguém que vai morrer. Era ele, ele, Jean Péloueyre, que feria aqueles olhos – que descoloria aquelas orelhas, aqueles lábios, aquelas faces: só por estar ali, ele esgotava aquela jovem vida. Assim, extenuada, ele gostava mais dela. Que vítima foi mais amada por seu carrasco?

Só o sr. Jérôme desabrochava. Para aquela doce criatura, era invisível qualquer sofrimento que não fosse seu. Era espantoso ouvi-lo alegrar-se com uma séria melhora em seu estado de saúde. A asma dava-lhe uma trégua. Ele dormia até de manhãzinha sem a ajuda de nenhum narcótico. Trouxera-lhe sorte, dizia, ter fechado a porta ao doutor Pieuchon, cujo filho havia escarrado sangue e permanecia na casa do pai em tratamento. O sr. Jérôme, por medo do contágio, tinha rompido com o velho camarada. Jurava que a nora dava conta de tudo e tinha mais experiência que os médicos. Nada a repugnava: nem o que dizia respeito à retrete. Ela soubera tornar delicioso o regime mais insípido do mundo. Sucos de limão e de laranja, às vezes um dedo de velho armanhaque substituíam os condimentos proibidos, despertando o apetite que o sr. Jérôme garantia ter perdido havia quinze anos. Depois de tímidos ensaios, Noémi concordou em ajudar a digestão do sogro com uma leitura em voz alta. Ela era incansável, não parava mais, fingia não perceber que o sr. Jérôme prenunciava o sono com uma respiraçãozinha regular. Soava uma hora - uma hora a menos para tremer de repugnância na escuridão do quarto de casal, para espreitar os movimentos do corpo horrível que, deitado contra o seu, fingia dormir por piedade. Às vezes o contato de uma perna a acordava; então ela escorregava inteira entre a parede e a cama; ou um leve toque a fazia estremecer: o outro, acreditando que ela estivesse adormecida, ousava uma carícia furtiva. Era a vez de Noémi fazer de conta que dormia, para que Jean Péloueyre não fosse tentado a ir mais longe.

VIII

NUNCA ENTRE ELES aquelas brigas que separam os amantes. Sabiam que estavam feridos demais para se agredirem; a menor ofensa, se envenenada, teria sido incurável. Cada um cuidava para não tocar na ferida do outro. Os gestos de ambos eram medidos para causarem menos sofrimento: quando Noémi se despia, ele olhava para outro lado e nunca entrava no banheiro quando ela estava se lavando. Ele adquiriu hábitos de limpeza, encomendou uma *eau* de Lubin, com a qual se inundava, e, tremendo de frio, inaugurou uma banheira. Jean acreditava ser o único culpado; ela se odiava por não ser uma esposa segundo Deus. Nunca trocaram uma reprovação, nem mesmo muda, mas, com um olhar, pediam perdão um ao outro. Decidiram rezar juntos: inimigos na carne, uniam-se naquela imploração noturna; suas vozes, pelo menos, podiam fundir-se; lado a lado e separados, reuniam-se no infinito.

Uma manhã, como que sem combinarem, encontraram-se à cabeceira de um velho entrevado; usaram avidamente aquele novo laço e, a partir de então, uma vez por semana, faziam a ronda dos doentes, atribuindo-se mutuamente o mérito. Afora essas visitas, Noémi fugia de Jean, ou melhor, o corpo de Noémi fugia do corpo de Jean – e Jean fugia do nojo de Noémi. Em vão ela tentou reagir contra essa repulsa de sua carne: num dia sombrio de novembro, ela, que odiava caminhar, forçou-se a seguir Jean Péloueyre pela charneca até os confins daqueles pântanos desertos onde o silêncio é tal que, às vésperas das tempestades, se ouvem as surdas batidas do Atlântico nas areias. As gencianas, de um azul de olhar, já não floresciam. Ela ia na frente, como quem foge, e ele a seguia de longe. Os pastores de Bearne, de onde Jean Péloueyre era originário, que naquele deserto gozaram do direito de pastoreio, muitos séculos antes tinham escavado um poço para seus rebanhos; à beira de sua boca lamacenta, os dois esposos se reencontraram. E Jean pensava naqueles velhos pastores atingidos pelo mal misterioso da charneca, a pelagra, que sempre se encontra no fundo de um poço ou com a cabeça afundada no limo de uma laguna. Ah! ele também, ele também gostaria de abraçar aquela terra avara que o havia plasmado à sua semelhança e acabar sufocado por aquele beijo.

IX

Com frequência a visita do padre interrompia a leitura. Ele chamava Noémi de "minha filha", aceitava um cálice de licor de nozes; mas parecia já não saber, como antes, sustentar colóquios teológicos com o sr. Jérôme nem diverti-lo com anedotas clericais. Cada um, diante daquele juiz, ajustava sua máscara. Os olhos já não exprimiam nada; as almas sentiam-se espiadas. O padre já não se descontraía em conversas sobre isto ou aquilo: tudo o que dizia parecia ter um objetivo ainda não revelado. Esticava para a chama as pernas curtas e inchadas e, de repente, lançava olhares vivos, rapidamente velados, para o casal silencioso. Menos peremptório, menos seguro de si, fazia tempo que não contava, como gostava de fazer, seus debates com certo racionalista, nos quais frequentemente reaparecia a seguinte fórmula: "Eu respondi, vitoriosamente, aliás..." O sr. Jérôme garantia que nunca tinha visto o padre tão preocupado senão na época em que o antigo prefeito pretendia mandar os sinos tocar em enterros civis e mobilizar o carro fúnebre do conselho paroquial. O padre gostaria que Jean Péloueyre voltasse a um estudo de história local, iniciado com paixão, mas interrompido fazia um ano. O jovem afirmava que lhe faltavam documentos essenciais. Na verdade, de fôlego curto, ele nunca ia até o fim de nenhum estudo. As primeiras páginas de seus livros ele rabiscava com notas; nas últimas não tocava. A necessidade perpétua de andar para raciocinar à vontade afastava-o da mesa. Uma noite, depois que o sr. Jérôme se retirou, o padre voltou obstinadamente a esse assunto. Jean Péloueyre declarou-se incapaz de ir adiante sem consultar obras especiais na Biblioteca Nacional: de qualquer forma, não podia fazer a viagem a Paris... "E por que não a faria, querido filho?" O padre fez essa pergunta em voz baixa; brincava com a franja do cinto sem desviar os olhos do fogo. Uma voz fraca murmurou: "Não quero que Jean me deixe." Mas o padre insistiu: é um pecado não fazer esse talento frutificar. Se incapaz de dirigir um círculo de estudos ou algum trabalho, Jean não deveria continuar no emprego de trabalhador inútil... O santo homem desenvolvia esse tema. A voz triste, num grande esforço, disse ainda: "Se Jean for, eu vou com ele..." O padre balançou a cabeça: Noémi tornara-se indispensável ao lado do querido doente. Além disso, tratava-se apenas de curta separação – algumas semanas, alguns meses... Noémi não encontrou mais forças para protestar. Nenhuma outra palavra foi pronunciada até o padre vestir o casaco e calçar os tamancos. Jean Péloueyre embrulhou-se numa pelerine, acendeu a lanterna e precedeu o hóspede.

O dezembro chuvoso e seus dias curtos já não permitiam que os esposos fugissem um do outro – exceto quando Jean Péloueyre ia à caça de galinholas; mas, mesmo então, precisava voltar às quatro horas, com o crepúsculo. Um único fogo, uma única luz aproximavam aqueles corpos inimigos. Em torno da casa, a chuva sonífera sussurrava. O sr. Jérôme tinha suas dores de cada inverno no ombro esquerdo e gemia. Mas Noémi estava melhor. Assumia o dever de fazer um esforço diário para demover Jean de seus planos de viagem; tinha prometido ao céu tentar o impossível para que ele permanecesse perto dela. Essa súplica impedia o infeliz de ficar indeciso sem se resolver a nada e, parecendo retê-lo, forçava-o a tomar uma decisão. Ele levantava para a jovem seus olhos de cão maltratado: "Preciso ir, Noémi." Ela protestava, mas, se ele desse a impressão de ceder, ela, em vez de aprofundar a vantagem, deixava de insistir. O sr. Jérôme, embora gostasse de citar o verso de "Os dois pombos", "A ausência é o maior dos males",* contemplava com secreta alegria a possibilidade de ficar sozinho perto da nora. Finalmente, o padre, em todos os encontros, instigava Jean Péloueyre. O que podia o triste rapaz fazer contra aquela cumplicidade? Aliás, ele aprovava no íntimo aquele veredicto de banimento. Afora uma peregrinação a Lourdes e as noites de amor em Arcachon, nunca tinha saído de seu buraco. Afundar sozinho na confusão de Paris! Para ele, era como naufragar para sempre num oceano humano mais temível que o Atlântico. Mas eram corações demais a empurrá-lo para o abismo. A partida foi

* Fábula de La Fontaine. [N.T.]

afinal marcada para a segunda semana de fevereiro. Muito antes, Noémi cuidou do baú e das roupas. Jean Péloueyre ainda estava lá, e ela recuperara algum apetite. Suas faces se coraram. Numa tarde, ela fez bolas de neve e as atirou na cara do neto de Cadette, e Jean Péloueyre, atrás de uma vidraça do primeiro andar, observava. Lúcido, assistia àquela ressurreição. Assim como o campo se livra do inverno, aquela mulher se livrava dele: ele fugia para que ela florescesse novamente.

Jean Péloueyre, baixando o vidro sujo do vagão, ficou olhando o mais demoradamente possível o lenço de Noémi agitar-se. Como flutuava aquele sinal de adeus e alegria! Durante aquela última semana, ela tinha embriagado o viajante com fingida ternura e, ardente, provocou-o até fazê-lo murmurar certa noite em que acreditou senti-la viva sob sua respiração: "E se eu não partisse, Noémi?" Ah! Embora estivessem nas trevas e ela só tivesse respondido com uma exclamação abafada, ele adivinhou aquele terror, aquele horror, e não pôde evitar de acrescentar: "Fique tranquila, eu irei embora." Essas foram as únicas palavras com que mostrou que não era bobo. Ela se virou para a parede, e ele a ouviu chorar.

Jean Péloueyre ficou olhando o desfile dos pinheiros bem conhecidos que o pequeno trem atravessava; reconheceu aquele matagal onde tinha perdido uma galinhola. Os trilhos seguiam ao longo da estrada que ele havia percorrido tantas vezes de carroça. Aquela quinta, espraiada na fumaça e na neblina, à beira de um campo limpo, abraçando o forno de pão, a estrebaria, o poço, aquela quinta ele saudou pelo nome; conhecia o proprietário. Depois, um novo trem o levou através de charnecas onde nunca tinha caçado. Em Langon, ele se despediu dos últimos pinheiros como se fossem amigos que o tivessem acompanhado pela maior distância possível e finalmente paravam, abençoando-o com os seus ramos estendidos.

X

HOSPEDOU-SE NO PRIMEIRO hotel que encontrou no cais Voltaire. De manhã, olhava a chuva cair sobre o Sena, que ele ainda não ousara atravessar; depois, ao meio-dia, ia até o café da estação de Orléans, onde cochilava, em meio ao rugido dos trens que levavam viajantes bem-aventurados para o Sudoeste. Não ousando demorar-se, após terminar a refeição, sem beber, tomava depois sua garrafa de vinho branco, dois cálices de licor, e seu espírito ágil movia-se no absoluto. Seus tiques e palavras entrecortadas às vezes provocavam um sorriso nos vizinhos e nos garçons; mas, encolhido entre o caixão da porta e uma coluna, ele passava despercebido na maioria das vezes. Lia os jornais, até os anúncios: homicídios, suicídios, dramas de ciúmes e loucura, tudo era bom para Jean Péloueyre, que se alimentava do mal universal. Após o jantar, um tíquete de dois soldos dava-lhe acesso aos cais: ele procurava o vagão onde estava escrito o nome Irun e cujas largas janelas, na manhã seguinte, refletiriam as charnecas monótonas. Tinha calculado que aquele trem passava a menos de oitenta quilômetros em linha reta da casa dos Péloueyre. Pousava a mão na parede do vagão e, quando o trem arrancava, ele parecia um homem que vê desaparecer para sempre metade de sua alma. No café, onde novamente se sentava à mesa, era a hora de uma orquestra, e Jean Péloueyre suportava até o desespero a onipotência da música sobre seu coração. Ela lhe entregava sem apelação ao fantasma de Noémi. Ele viajava em pensamento sobre aquele corpo que sempre só contemplara adormecido. No sono, ao longo das noites de setembro, quando a luz da lua escorria sobre a cama, o triste fauno aprendera a conhecer melhor aquele corpo que, em sendo amante feliz, ele teria possuído num delírio mútuo. Sempre só tivera nos braços um cadáver, mas o tinha de fato penetrado com os olhos. Talvez conheçamos melhor que qualquer outra mulher aquela que não nos amou. Naquela hora, Noémi dormia no vasto quarto frio, dormia feliz, liberta de uma presença repugnante, toda entregue à volúpia da cama deserta. Através do espaço, ele sentia a alegria de sua bem-amada, alegria porque ele já não estava deitado ao seu lado. Com a cabeça entre as mãos, Jean Péloueyre incitava-se à raiva: ele voltaria à sua terra, se imporia àquela mulher, usufruiria dela, mesmo que disso ela tivesse de morrer! Faria dela um objeto de seu uso... Então, dentro dele, ela surgia muda, submissa, com aquele doce colo pesado, como uma árvore que estende seu fruto. Ele se lembrava de seus consentimentos, morrendo de horror e sem um grito... Jean Péloueyre pagava as bebidas, seguia o cais até o hotel, despia-se às apalpadelas para não se ver no espelho.

A cada três dias, traziam-lhe com o chocolate um envelope que ele às vezes só abria à noite. Ah! Se lhe importavam aqueles votos hipócritas de regresso! O único prazer de Jean Péloueyre era pensar que a mão de Noémi se apoiara naquele papel – que a unha de seu dedo mínimo tinha cavado aquela linha sob cada palavra. Perto do final de março, ele acreditou sentir alguma sinceridade no apelo de Noémi: "... Tenho certeza de que o senhor não acredita em meu desejo de revê-lo. É conhecer mal sua mulher..." Ela escrevia também: "Tenho saudades." Jean Péloueyre amassava a carta e relia a que seu pai lhe enviara pelo mesmo correio: "... Você encontrará Noémi mudada para melhor: ganhou peso, está deslumbrante; cuida de mim e me mima com tão boa disposição que me esqueço de agradecer-lhe. Os Cazenave já não aparecem por aqui, mas sei que imaginam uma briga entre vocês: que falem. Estou recobrando as forças; não é como o moço Pieuchon, que só sai de carruagem, e acredita-se que está desenganado, embora um médico de B... afirme que pode curá-lo com tintura de iodo diluído em água: os jovens se vão antes dos velhos..."

Quando chegaram os primeiros dias da primavera, Jean Péloueyre finalmente ousou atravessar as pontes. Num crepúsculo dourado, olhou o Sena, e suas mãos tocavam o parapeito morno, acariciavam-no como a um ser vivo. Então, uma voz atrás dele sussurrou; chamava-o "querido"; dizia-lhe "venha". Bem perto de seu rosto, um rosto jovem exangue sob a maquiagem. A mão inchada e sem unhas procurava a sua. Ele fugiu, só parou nas bilheterias do Louvre, um pouco ofegante. Mesmo de tais criaturas acaso ele teria ousado algum dia esperar um convite? Outra mulher que não Noémi?... Quis, pela primeira vez, deleitar-se pensando numa cúmplice, se não feliz, pelo menos indiferente e sem repulsa; mas uma felicidade tão pobre era inconcebível para ele; tomou amargamente conhecimento desse ápice de infortúnio, voltou a sentir raiva. Ah! por que não consentir, esta noite, no êxtase amoroso entre braços indulgentes e submissos? Acaso essas distribuidoras de carícias estão no mundo para outros homens, e não para os Péloueyre? Ele viu o céu das oito horas tremular no lago das Tulherias; algumas crianças se aglomeravam atraídas por seus gestos. Retirou-se, com as costas curvadas, contornou a praça, alcançou a rua Royale e, como era hora do jantar, ousou transpor o limiar de um cabaré famoso.

Escondido contra a porta, de frente para o bar, espécie de comedouro de jacarandá ao qual se agarram periquitos de penacho, ele sentia com deleite que sua aparência ali não surpreendia nem as fêmeas, nem os maîtres d'hôtel, lúgubres e gordos – ratazanas de restaurantes caros. Aquele antro cintilante atrai demasiados selvagens das Américas, fazendeiros e notários provinciais para que um Jean Péloueyre provoque riso. O Le Vouvray coloria as maçãs de seu rosto, e ele sorria para o gado que era atraído pela manjedoura de jacarandá. Uma loira carnuda deslizou de um banco, pediu-lhe fogo, bebeu de seu copo, em voz baixa prometeu-lhe felicidade por cinco luíses e depois se empoleirou de novo, expectante. Embora o velhote de uma mesa vizinha lhe aconselhasse a esperar que o estabelecimento fechasse, "porque então as que sobram fazem preços vantajosos", Jean Péloueyre pagou a conta e, na calçada, foi alcançado pela dama. Ela chamou um táxi e fez o cliente descer atrás da igreja Madeleine. A escada do hotel sem vestíbulo começava no nível da calçada, como que para aspirar suas imundícies.

O barulho dos grampos de cabelo sobre o mármore tirou Jean da letargia. Ele viu braços desmesuradamente largos no ponto em que se ligam aos ombros. Fitinhas cor-de-rosa embelezavam aquela carne trêmula. Ela o chamou de "meu lobo" enquanto tirava as meias de seda vegetal com infinito cuidado. Aquela pressa de se dar, aquele consentimento, aquela submissão sem nojo causavam em Jean Péloueyre uma dor pior do que quando, com toda a sua carne, Noémi lhe gritava: "Não!" Boquiaberta, a moça o viu atirar uma nota na mesa e, antes que pudesse fazer qualquer gesto, ele já estava lá fora, enfiando-se por uma rua como um ladrão. Na agitação dos bulevares, saboreou a beatitude de ter esconjurado um grande perigo. Foi atraído pelos castanheiros nus dos Champs-Élysées. Havia um banco livre; ali se sentou, ofegante, tossindo um pouco. Cogitou que aquela lua truncada, eclipsada pelas lâmpadas de arco, espalhava sua luz calma sobre o rebanho de sombrias copas entre os Pireneus e o oceano. Ele já não sofria, tudo era puro nele. Deleitava-se com sua miséria sem nódoa. Noémi e Jean se amariam num dia de verão sem declínio. Antecipadamente, ele saboreou a harmonia da carne glorificada. Ó luz em que se atrairão seus corpos imortais, seus corpos incorruptíveis! Jean Péloueyre disse em voz alta: "Não há senhores; todos nascemos escravos e tornamo-nos Vossos libertos, Senhor." Um policial se aproximou, examinou-o por um instante, depois se afastou erguendo os ombros.

Jean foi sentar-se, todas as tardes, no terraço do Café de la Paix, à beira de um triste rio de rostos. Doenças secretas, álcool e estupefacientes tinham moldado, não sabia ele a qual imunda semelhança, aqueles milhares de semblantes que tinham sido, todos, semblantes de crianças. Jean Péloueyre interessava-se pela busca das prostitutas, contava aquela alcateia de magras lobas. Brincava de adivinhar a que vício aquele senhor de monóculo e lábio pendente atendia quando caçava. Avidamente, Jean Péloueyre procurava um único rosto que tivesse o sinal dos dominadores e senhores, um único, e teria seguido aquele ser eleito; mas os olhares eram desorientados, as mãos tremiam; cobiças inaturais sujavam rostos que não se sabiam espiados. Aliás, esse Senhor, se tivesse existido, teria sido imortal? Jean Péloueyre, gesticulando àquela mesa dos bulevares como entre as paredes de uma rua de sua aldeia, citava para si mesmo a frase de Pascal sobre o fim da mais bela vida do mundo.* Sempre se perde a partida! Sempre se perde a partida, ó miolo mole de Nietzsche!... Alguns jovens, perto dele, cutucavam-se com os cotovelos. Uma mulher sentada com eles interpelou Jean Péloueyre. Ele estremeceu, atirou dinheiro na mesa e afastou-se. Ouviu a mulher gritar: "Mais doido impossível..." E agora ele deslizava em meio à multidão, trotava como um rato ao longo das vitrines, elaborava o plano de um estudo peremptório que intitularia: Vontade de Poder e Santidade. Às vezes, um espelho de loja o refletia, e ele não se reconhecia. A má alimentação o emagrecera e reduzira ainda mais. A poeira de Paris irritava-lhe a garganta. Ele deveria ter largado o cigarro, mas nunca tinha fumado tanto; por isso, estava sempre escarrando e tossindo. Com tonturas, era

* O trecho a que se faz referência aí é o seguinte: "Não é preciso ter uma alma muito elevada para compreender que aqui não há satisfação verdadeira e sólida, que todos os nossos prazeres não passam de vaidade, que nossos males são infinitos e que, por fim, a morte que nos ameaça a cada instante inevitavelmente nos porá, dentro de poucos anos, diante da horrível necessidade de sermos eternamente aniquilados ou infelizes. [...]: eis o fim que espera a mais bela vida do mundo." *Contre l'Indifférence des Athées.* Éditions de Port-Royal, 1669-1670, pp. 1-18; n. 1, 1678, pp. 1-17. [N.T.]

obrigado a se apoiar nos postes de luz. Preferia deixar de comer a sofrer depois de azia. Será que um dia o recolheriam no esgoto como um gato morto? Então Noémi estaria liberta... Assim sonhava ele no cinema, aonde acabava indo, menos atraído pela tela do que pela música ininterrupta. Muitas vezes febril, morrendo de cansaço, entrava num estabelecimento de banhos. Um cortinado de calicô velava a luz, as torneiras pescoço de cisne pingavam, ele deixava-se de sentir o corpo viver. Jean Péloueyre só procurava refúgios tão medíocres porque durante muito tempo não conheceu em Paris outra igreja que não fosse a Madeleine, a única que encontrava entre seu hotel e o Café de la Paix. Mas, um dia, outro itinerário lhe permitiu conhecer Saint-Roch, cuja capela escura se tornou seu porto diário. O odor reencontrado da igreja natal – presença, naquele cruzamento da imensa cidade, igual à da aldeia desconhecida. Nem uma única vez transpôs o limiar de uma biblioteca.

Talvez tivesse vivido assim até a morte, se certa manhã uma carta do padre não o tivesse chamado de volta ao lar. Os termos eram urgentes, embora desse ótimas notícias do sr. Jérôme e de Noémi. Com grande angústia, Jean Péloueyre embarcou naquele expresso que tantas vezes sentira desligar-se de si, deslizar primeiro devagar, depois mais depressa em direção ao Sudoeste, o vagão que tem o nome de Irun.

XI

Nenhum acontecimento fizera o senhor padre se decidir a escrever a carta do chamado: ele se resolveu a tanto após uma confissão em que Noémi só havia relatado seus pecados veniais de cada sábado. Mas ela havia solicitado a ajuda espiritual do seu diretor contra tentações, perturbações cuja natureza não esclareceu.

Com o afastamento de Jean Péloueyre ela tivera, de início, um pouco daquela lassidão feliz das convalescenças. Para ela, a solidão era uma volúpia contínua; languescente, comprazia-se de si mesma. Embora fosse incapaz de qualquer análise, sentia-se outra e, devolvida à vida de mocinha, reconhecia na própria carne que já não era mocinha. A repulsa a impedira de assistir à eclosão da mulher em si mesma; mas aquela estrangeira exigia dela uma satisfação misteriosa. Preocupada por já não sentir a paz de antes de aquele homem a possuir, como poderia ela discernir aquele desacordo entre o coração ainda adormecido e a carne meio desperta? Tinha sentido o dilaceramento de seu ser, com horror, é verdade, mas a carne teima em não esquecer nada do que sofre. Como a jovem não abria outro livro além do missal e como sua posição de moça bem-nascida e pobre a mantivera afastada de toda e qualquer companhia íntima, nenhuma ficção, nenhuma confidência a esclareceria sobre aquela secreta exigência interior. Então o destino lhe forneceu um rosto.

O sol de março punha a brilhar as poças de água na praça. A sesta de Jérôme Péloueyre deixava a casa em tal encantamento que nenhum móvel rangia. Como todas as mulheres da aldeia, Noémi costurava no térreo, junto à ombreira de uma janela de venezianas entreabertas. Da mesa de trabalho, pendia o tecido que estava sendo cerzido. Ela ouviu um ruído de rodas, viu um tílburi parar a poucos passos da janela. Um rapaz segurava as rédeas e olhava ao redor, em busca de uma informação, mas a praça estava deserta. Enquanto Noémi, curiosa, empurrava as venezianas, o estrangeiro virou a cabeça, descobriu-se e perguntou onde morava o doutor Pieuchon. Depois de Noémi lhe indicar o caminho, ele saudou, tocou com o chicote a garupa do cavalo e desapareceu. Noémi voltou a costurar e, durante todo o dia, manejou a agulha, com o pensamento vago, inconsciente daquele rosto que lhe deixara uma marca. No dia seguinte, à mesma hora, o desconhecido passou novamente, mas não parou. No entanto, diante da casa dos Péloueyre, reteve um pouco o cavalo, e seus olhares procuravam a jovem entre as venezianas encostadas. Por via das dúvidas, saudou. Durante o jantar, o sr. Jérôme afirmou ter ouvido do padre que o filho de Pieuchon estava piorando, e o pai chamara um jovem médico da subprefeitura,* cuja metodologia era elogiada: ele tratava a tuberculose com tintura de

---

* Do ponto de vista administrativo, o *préfet*, que assume a *préfecture* (prefeitura), é um alto funcionário nomeado pelo presidente da República por decreto aprovado no Conselho de Ministros, que representa o Estado e o governo em cada departamento francês. Corresponderia mais ou menos ao nosso governador. A subprefeitura é a circunscrição administrada por um subprefeito (*sous-préfet*). [N.T.]

iodo em "doses maciças"; o doente precisava ingerir centenas de gotas diluídas em água. O sr. Jérôme duvidava que o estômago do filho de Pieuchon pudesse tolerar essa mistura. Todos os dias passou o tílburi, e todos os dias ele desacelerou diante da casa dos Péloueyre, mas Noémi nunca empurrou as venezianas. O jovem doutor saudava aquela faixa de sombra onde respirava uma juventude invisível. A aldeia se interessava pelo tratamento com iodo; todos os tuberculosos da região o adotaram. Afirmava-se que o filho de Pieuchon estava melhorando. A primavera foi precoce; um morno final de março desentorpecia o mundo. Certa noite, Noémi pôde se despir com a janela aberta. Nela se acotovelou, feliz e triste, sem desejo de sono. Estava diante da noite que, num trabalho secreto, "revelava" aquele rosto de homem que a impressionara. Pela primeira vez, deteve, deliberadamente, o pensamento nessa imagem: visto que o estrangeiro a saudava todos os dias sem sequer a ver, não seria mais apropriado, no dia seguinte, abrir as venezianas e retribuir o cumprimento? Decidindo agir assim, sentiu uma emoção tão doce que adiou o momento de se deitar na cama. Nela, foram-se destacando os traços um a um: cabelos encaracolados e pretos, entrevistos no instante em que o jovem desconhecido levantou o chapéu – o vermelho intenso dos lábios sob um bigode curto –, o traje esportivo onde brilhava o clipe de uma caneta – sem gravata, mas com uma camisa macia de tussor aberta.

Noémi, toda instinto, mas instruída no exame de consciência, rapidamente ficou em alerta: seu primeiro alarme veio do fato de que, orando, teve de recomeçar cada prece: entre Deus e ela, sorria uma figura morena. Na cama, essa figura a obcecava e, ao acordar, ainda na nebulosa dos sonhos, pensou em primeiro lugar que iria vê-lo de novo. Durante a missa daquela manhã, as mãos de Noémi não se afastaram do rosto. Na hora da sesta, quando o tílburi desacelerou diante da casa dos Péloueyre, todas as venezianas do térreo estavam hermeticamente fechadas.

Foi então que o exilado em Paris recebeu cartas que o surpreenderam, aquelas em que Noémi dizia: "Estou com saudade..." Naquela época, ela esperava na sala escura que o tílburi passasse para entreabrir as venezianas e se pôr a trabalhar. Certa tarde, repetiu para si mesma que escrúpulo* também é pecado: "Estou imaginando coisas", pensava. De uma vez por todas, ela se debruçaria à janela, responderia ao cumprimento do estrangeiro. Acreditou ouvir um barulho de rodas e já sua mão hesitava na tranca, mas, pela primeira vez em duas semanas, o tílburi não passou.

Na hora em que o sr. Jérôme tomava a sua valeriana, Noémi subiu até ele e não pôde se abster de avisá-lo de que o novo médico não tinha ido à casa dos Pieuchon. O sr. Jérôme sabia: o moço Pieuchon tivera uma recaída na véspera e não suportava mais o iodo. Vomitava jorros de sangue, dizia o padre. A primavera é uma estação perigosa para quem sofre do mal dos peitos. Contava-se que o doutor Pieuchon dirigira palavras muito duras a seu colega, que, provavelmente, não se atreveria a reaparecer na aldeia. Noémi recebeu um arrendatário, ajudou Cadette a dobrar a roupa lavada. Às seis horas, foi fazer sua adoração; depois, como todos os dias, parou na casa dos pais. Mas, após o jantar, queixou-se de enxaqueca e foi para o quarto.

---

* Aqui no sentido teológico do termo, como medo excessivo de pecar, sem razão real para suspeitar de pecado. [N.T.]

Levou vida mais ativa; suas ninhadas vingaram. Endomingada, fez as visitas anuais que as damas da aldeia trocam com solenidade. Por fim, dedicou-se ao giro pelas propriedades arrendadas. Gostava das corridas de carroça pelos caminhos florestais que as carretas esburacam. Ao lado da jovem, o neto de Cadette conduzia o cavalo. Os tojos manchavam de amarelo os matagais de samambaias secas. Nos carvalhos, as folhas mortas tremulavam, resistiam ainda a uma brisa quente do Sul. O espelho exatamente redondo de uma laguna refletia os fustes alongados dos pinheiros, seus topos e o azul do céu. Nos troncos inumeráveis, sangravam feridas frescas que, ardentes, perfumavam aquele dia. O canto do cuco lembrava outras primaveras. Os solavancos atiravam o neto de Cadette contra Noémi, e as duas crianças riam. No dia seguinte, a jovem queixou-se de dores musculares, e pediu-se ao administrador que terminasse o giro pelas propriedades. Afora a missa, ela não foi mais vista até aquela manhã em que Jean Péloueyre voltou.

XII

Ela foi esperá-lo na estação: seu vestido de organdi desabrochava ao sol. Usava meias-luvas de fio e, no pescoço nu, um medalhão no qual estavam pintados dois cupidos lutando com um bode. Crianças brincavam de andar sobre um trilho. O pequeno trem apitou bem antes de aparecer. Noémi queria que sua emoção fosse alegria. Como a ausência suavizara em sua memória os traços de Jean Péloueyre, ela havia como que recriado o marido para que ele deixasse de ser repulsivo, conservando dele apenas uma imagem enganosa e retocada. Era tal seu desejo de amá-lo, que ela se acreditou impaciente por beijar aquele Jean Péloueyre irreal. Embora, em torno de seu suave corpo desabrochado, o desejo houvesse pairado, acariciando outros rostos contra a sua vontade, sabia Deus que nem uma vez ela consentira sequer num pensamento dúbio. Em contrapartida, não duvidava de que lhe deveria ser concedida a graça de ver descer do trem um marido diferente daquele cuja partida ela havia saudado com o coração liberto.

No degrau de um vagão de segunda classe, Jean Péloueyre apareceu. Não, não, ele já não era o mesmo. Suas mãos enfraquecidas mal sustentavam uma mala da qual o neto de Cadette rapidamente o livrou. De braços com Noémi, ele cambaleava um pouco: "Mas você está doente, pobre Jean!" Ele também não reconhecia aquela mulher, a tal ponto ela se beneficiara de sua ausência – radiante e resplandecente, mais ainda do que outrora, no salão do padre, uma fêmea maravilhosa diante do macho mirrado. À volta do casal, cochichavam. Jean Péloueyre sentia vergonha por causa da vendedora de jornais, do chefe da estação e do carteiro: "Eu deveria ter enviado o carro. Por que não me escreveu que estava doente?" Noémi preparou a cama, lavou o rosto e as mãos de Jean Péloueyre, estendeu uma toalha branca na mesa de cabeceira, ali arrumou as revistas que se tinham acumulado e que ela não tinha aberto. Jean, como uma criança pobre que está sendo mimada, espiava-a com seus olhinhos vivos. O sr. Jérôme não quis que chamassem o doutor Pieuchon: o fato de outra pessoa, que não ele, estar doente na casa era algo que poderia tirar do sério aquela doce criatura. Mal o filho se pôs na cama, também ele se deitou, afirmando ter dores em todos os lugares, e recusou com palavrões os cuidados de Cadette. Noémi foi vê-lo, não para se informar sobre sua saúde, mas para conseguir que ele autorizasse a visita do médico. Ele recusou de modo cortante: Pieuchon não saía da cabeceira do filho, infestado de micróbios. Se ela fazia questão de consultar um médico, que chamasse o "moço da tintura de iodo"! Noémi desviou o olhar e disse que aquele rapaz não lhe inspirava nenhuma confiança; aliás, acaso ele não tratava todos os tuberculosos do distrito? O sr. Jérôme atalhou-a em tom rude, gritando que era sua última palavra e que esperava que não o importunassem mais. Tal como nos piores dias, deitou-se com a cara virada para a parede, soltando a intervalos regulares suspiros assustadores e aqueles: Ah! Deus! Deus! – que outrora despertavam Jean no silêncio da noite.

Quando Noémi voltou ao seu quarto, a empregada estava lá preparando uma cama dobrável. Jean Péloueyre, de quem se viam, no centro do travesseiro, apenas os olhos brilhantes e vermelhos, as maçãs do rosto coradas demais e o nariz pontudo, balbuciou que sentia frio na cama grande, que sempre preferira dormir na estreita, e que, enfim, antes de ser examinado por um médico, achava imprudente dividir o leito com Noémi. Ela gostaria de protestar, fingir estar decepcionada. Não encontrou nenhuma palavra e pousou os lábios na testa molhada de Jean Péloueyre; mas ele desviou a cabeça, não podendo suportar a horrível gratidão daquele beijo. O dia passou assim, calmo e triste. Deitado em sua muda província, ele cochilava e só despertava com o tilintar de uma colherinha contra um pires. Embora não estivesse muito doente, Noémi o amparava enquanto ele bebia, e ele bebia em goladas lentas para sentir por mais tempo aquele braço tépido contra seu pescoço. Veio o crepúsculo; o sino da igreja tocou. Eles ouviram no pátio os xô! vai! do neto de Cadette atrelando os cavalos. A porta foi entreaberta pelo sr. Jérôme, de chinelos e sem meias, vestido com um roupão sujo de remédios.

Envergonhado da raiva que demonstrara, vinha pedir perdão e, dando mostras de preocupação, afirmou que não podia esperar mais para ser tranquilizado: por ordem dele, o neto de Cadette ia buscar o jovem "médico da tintura de iodo". Jean Péloueyre protestou; só estava sentindo um pouco de cansaço; alguns dias de descanso e aquilo não se notaria mais; o doutor não iria entender por que haviam ousado incomodá-lo com urgência...

Sentada no escuro, Noémi não pronunciava nenhuma palavra, ouvia o barulho das rodas diminuir e, sem um tremor, sem um soluço, chorava. Um pé-d'água açoitou os vidros, apressou a chegada da noite, e nenhum dos cônjuges pedia o candeeiro. Cadette finalmente chegou com a luz e aprontou a mesa perto da cama de Jean. Enquanto comiam, Noémi perguntou-lhe se o seu trabalho de história estava terminado; ele balançou a cabeça, e ela não lhe fez mais perguntas. A carruagem rolou de novo no pátio. Jean Péloueyre disse: "O médico chegou." Noémi levantou-se e ficou de pé, longe do candeeiro. Ouvia, como uma tempestade, a aproximação do troar de uma voz, passos na escada. Cadette abriu a porta; ele entrou. Mais corpulento do que parecera a Noémi, era o que na terra dos Péloueyre se chama um rapagão. Preto de cabelos, mas de tez cor de romã, com seus olhos compridos de mula andaluza, ele já espreitava desavergonhado os de Noémi, seguindo a linha de seu corpo com método e lentidão. Ele também tinha pensado nela, ele também! Não ousando sair da zona de sombra, ela estremecia. Enquanto isso, ele examinava o doente: "Por favor, desabotoe a camisa. Um lenço será suficiente, senhora... Conte trinta e um, trinta e dois, trinta e três..." O candeeiro iluminava aquelas clavículas, aquelas escápulas, aquelas costelas – aquela lastimável miséria... Não, o estado de saúde do sr. Péloueyre nada tinha de alarmante, mas seria necessário vigiar seus pulmões . Prescreveu fortificantes, injeções de cacodilato. Às vezes olhava para Noémi. Não iria ele achar que tinha sido ela a introduzi-lo na casa? Era tão estranho obrigar um médico a fazer seis quilômetros de carruagem, à noite, para auscultar um debilitado! Ele não ia embora e, com seu sotaque pesado, defendia-se de ter alguma vez pretendido curar um tuberculoso tão avançado quanto o filho de Pieuchon com o tratamento de iodo. Sua voz arrastada, sua voz rural, produzia um som viril e grave. Noémi sentia-se espiada por olhares que vazavam por debaixo de pálpebras cor de açafrão; mas dela ele só via um fantasma silencioso. Chegou a dizer que era melhor prevenir a doença, que o sr. Péloueyre era um terreno preparado e favorável aos bacilos: "Um terreno, diria eu, tuberculizável. A falecida senhora Péloueyre morreu tísica, não é?" Aquele jargão não combinava com aquela boca fresca, criada para não emitir nenhuma outra ciência que não fosse de beijos. Ele achava necessário que o doente tivesse acompanhamento. Dizendo isso, buscava um convite para voltar. Como Noémi permanecesse muda, ele se levantou e perguntou abertamente se o sr. Péloueyre desejava que ele repetisse suas visitas – nem que fosse apenas para lhe aplicar as injeções. "O que acha, Noémi?" Como não houve resposta, Jean achou que ela não o ouvira e repetiu: "Diga, Noémi, o doutor precisa voltar?" Ela por fim pronunciou: "É completamente inútil." O tom da recusa era tal que Jean Péloueyre receou que ela tivesse ofendido o médico e protestou que "ficava a critério do doutor". O rapagão, sem nenhum acanhamento, prometeu acudir ao primeiro chamado. Noémi então pegou o candeeiro e o precedeu.

Descia depressa, sentindo aquele sopro quente na nuca. A carruagem esperava diante da porta. O jovem subiu sem ter obtido um único olhar. O neto de Cadette estalou a língua. Uma lanterna iluminava a garupa do cavalo. O vento noturno apagou o candeeiro que a jovem segurava no alto, e ela ficou assim, no escuro, no limiar daquela casa morta, ouvindo decrescer o rolar de uma carruagem. Não dormiu. Jean Péloueyre, na cama de ferro, agitava-se, pronunciava palavras confusas. Noémi levantou-se para cobri-lo bem, pousou a mão em sua testa sem o acordar, como faria com a criança que nunca nasceria.

XIII

Dois dias depois, Jean Péloueyre voltou aos velhos hábitos. Saía com passos de gato durante a sesta do pai, espreitava as pegas-rabudas e, após uma parada na igreja, voltava o mais tarde possível ao abrigo. Noémi já andava perdendo algo do esplendor. Jean Péloueyre media aquelas olheiras em torno de olhos tão tristes, que só o olhavam com humilde doçura. Esperara que seu exílio do leito nupcial fosse suficiente para que Noémi pudesse se aclimatar ao lado dele. Mas a esposa lutava desesperadamente contra a repulsa, e essa luta a extenuava. Várias vezes ela chamou Jean Péloueyre à noite para ir ficar perto dela e, como ele fingisse dormir, levantava-se, dava-lhe beijos – aqueles beijos que outrora lábios de santos impunham aos leprosos. Ninguém sabe se eles se alegraram por sentir sobre suas úlceras aquele sopro dos bem-aventurados. Jean Péloueyre, porém, acabou por se esquivar daqueles afagos e era ele quem gritava com horror: "Deixe-me em paz."

Os altos muros dos jardins desgrenharam-se de lilases escuros. Os crepúsculos tinham o cheiro dos filadelfos. Na luz declinante, zuniam besouros. No mês de Maria, à noite, após o canto das litanias, o padre dizia: "Recomendamos às vossas orações o sucesso nos exames de vários jovens, o casamento de várias jovens, a conversão de um pai de família, a saúde de um jovem em perigo de morte..." Todos sabiam que se tratava do moço Pieuchon, que estava muito mal. Os lírios de junho floresceram. Noémi estranhou que Jean já não levasse mais a espingarda em suas saídas; ele disse que as pegas-rabudas o conheciam bem demais e que as malandras já não o deixavam aproximar-se. Ela temia que aquelas caminhadas fossem excessivas, pois já não voltava, como antes, com expressão animada, mas, ao contrário, abatido e pálido. Ele então alegou que o calor o empalidecia. Numa noite, Noémi ouviu-o tossir várias vezes.

Chamou-o em voz baixa: "Está dormindo, Jean?" Ele afirmou que estava com um pouco de dor de garganta, mas não era nada; contudo, ela percebia seu esforço para conter a tosse que, apesar disso, irrompia. Acendendo uma vela, viu que estava encharcado de suor. Ficou olhando com angústia. De olhos fechados, ele parecia atento a um trabalho misterioso dentro de si. Sorriu para a mulher, e ela ficou abalada por aquele sorriso tão terno, tão calmo. E ele disse em voz baixa: "Estou com sede."

Na manhã seguinte, ele não tinha febre; a temperatura estava até baixa demais. Noémi ficou mais tranquila; gostaria que ele não saísse após o almoço, mas não conseguiu segurá-lo. A insistência de Noémi pareceu desagradar Jean, que olhava para o relógio como se temesse se atrasar. O sr. Jérôme brincou: "Ela vai achar que você está correndo para um encontro!" Ele não respondeu nada; seus passos apressados ecoaram no vestíbulo. Uma tempestade toldava o céu. Parecia até que o silêncio dos pássaros imobilizava as folhagens. Durante todo aquele dia, junto à ombreira da janela, no térreo, Noémi teve medo. Às quatro horas, o sino da igreja emitiu toques curtos e espaçados, e a jovem fez o sinal da cruz, porque alguém estava entrando em agonia. Ouviu na praça uma voz dizendo: "É pelo moço Pieuchon. Hoje de manhã ele quase se foi." Gotas largas escavavam a poeira, arrancando-lhe o cheiro dos entardeceres de tempestade. Como o sogro ainda estivesse dormindo, Noémi foi à cozinha para falar com Cadette sobre Robert Pieuchon. A velha, que era surda, não tinha ouvido o dobre fúnebre. Disse que teriam informações pelo "siô Jean". E, como Noémi se espantasse, Cadette suspirou, com lágrimas nos olhos: Ela bem que achava que a patroa não sabia; senão, não ia deixar "o patrão tadinho", fraco como estava, passar todas as tardes com o moço Pieuchon; e isso já fazia mais de um mês! Ele tinha proibido a velha Cadette de contar isso aos outros. Noémi fingiu não estar surpresa. Saiu; já não chovia; um vento poeirento empurrava nuvens pesadas.

Foi em direção à casa do médico, onde a morte já havia fechado todas as janelas. Jean Péloueyre apareceu no limiar: seus olhos ofuscados piscavam, embora o dia estivesse como que velado, e ele não viu a mulher. Com as faces terrosas, fora do mundo, dirigia-se instintivamente para a igreja, onde entrou. Noémi o seguia de longe. A fresca umidade da nave a atingiu – aquele frio de terra, aquele frio de cova recém-aberta que estreita os corpos vivos nas igrejas que o tempo vai afundando aos poucos, às quais se tem acesso descendo escadas. Noémi ouviu de novo aquela tosse que a acordara na noite anterior, mas desta vez repercutida ao infinito pelas abóbadas.

XIV

Jean Péloueyre tinha pedido que levassem sua cama para um quarto do térreo, que dava para o jardim. Quando ele sufocava, a cama de ferro era empurrada para debaixo da varanda, e ele ficava olhando o vento encolher ou dilatar o azul entre as folhas. Fora encomendada uma sorveteira, porque ele engolia poucos alimentos além de leite cru e frio, de um pouco de gelo aromatizado. O pai ia vê-lo, sorria-lhe, mas de longe. Talvez Jean tivesse preferido a escuridão do quarto para esconder sua agonia, mas escolheu morrer no jardim para que Noémi estivesse menos exposta ao contágio. Adormecia com injeções de morfina. Descanso! Descanso após aquelas horríveis tardes junto à cabeceira do moço Pieuchon, que gritava de desespero por causa do que deixava para sempre: noites de casamento em Bordéus, danças em tabernas de subúrbio em torno de um órgão mecânico, passeios de bicicleta, quando a poeira se cola nas coxas magras e peludas e a gente morre de canseira e, sobretudo, as carícias das moças. Os Cazenave espalharam por toda parte o boato de que a avareza do sr. Jérôme impedia o filho de se beneficiar de climas mais amenos e de tratamentos em altitude. Mas, além de Jean não ser homem de morrer fora de casa, o doutor Pieuchon professava que, contra a tuberculose, nada valia mais do que a floresta de Landes: ele até forrou o quarto do doente com brotos de pinheiros como para uma comemoração de Corpus Christi e cercou a cama com potes transbordantes de resina. Finalmente, sem mais recursos científicos, mandou chamar o jovem colega, embora já estivesse provado que Jean Péloueyre não toleraria mais o iodo "em doses maciças". Noémi recebeu o belo rapaz com uma indiferença que não chegou ao ponto de ignorar que ele empalidecia sob o seu olhar ou quando as mãos dos dois se tocavam. A cada encontro, ela saboreava a certeza de que nada lhe restava no mundo além daquela estátua jacente – seu marido. Mas também pode ser que, no recesso mais obscuro de seu coração, ela sentisse o jovem macho solidamente fisgado e estivesse tão tranquila só porque tinha certeza de que um dia o puxaria para a margem, vivo e palpitante... Jean Péloueyre proibia Noémi de beijá-lo, mas aceitava a imposição de sua mão fresca na testa. Acreditaria agora que ela o amava? Acreditava e dizia: "Bendito seja meu Deus para sempre, por ter me dado o amor de uma mulher antes de morrer..." E, assim como outrora ruminava indefinidamente o mesmo verso nas andanças solitárias, agora, quando se sentia cansado do rosário e enquanto Noémi segurava seu punho, contando as pulsações, ele repetia em voz baixa o grito de Paulina: "Meu Polyeucte chega à hora derradeira",* e sorria. Não que se considerasse um mártir. Sempre se dissera dele: "É um pobre ser." E ele nunca duvidou que fosse. Olhando retroativamente para a água cinzenta de sua vida, ele continuava a se desprezar. Que estagnação! Mas, sob aquelas águas paradas, havia vibrado uma corrente secreta de água viva, e eis que, tendo vivido como um morto, morria como se estivesse renascendo.

---

* IV ato, cena 5 de *Polyeucte*, de Pierre Corneille. [N.T.]

Uma noite, quando o padre e o doutor Pieuchon se demoravam no vestíbulo, Noémi foi ter com eles e, com amargura, pediu contas do silêncio dos dois: por que não a avisaram das visitas diárias de Jean à cabeceira de um tísico? O doutor baixava a cabeça, desculpando-se por não conhecer a situação do sr. Jean. Dotado de uma caridade sem limites, como poderia se surpreender com um devotamento que ele mesmo praticava e do qual seu filho era beneficiário? O padre defendeu-se com mais veemência: Jean Péloueyre exigira silêncio; em relação a seus dirigidos, um diretor espiritual deve levar a discrição ao ponto do escrúpulo: "Mas foi o senhor, padre, foi o senhor quem quis aquela viagem fatal a Paris." "Só eu, Noémi?" Ela se apoiou na parede, alargando com o dedo um arranhão no gesso pintado de falso mármore. Ouvia-se a tosse no quarto. Os passos de Cadette se arrastaram. O padre também disse: "Agi depois de rezar, Noémi. É preciso adorar os caminhos de Deus." E vestiu o casaco. Mas, em segredo, estava tomado por sentimentos contrários e, em suas insônias, chorava por Jean Péloueyre; em vão repetia que o doente tinha testado a favor de Noémi e que era intenção do sr. Jérôme, após a morte do pobre filho, dar a casa e o máximo possível de seus bens à jovem – desde que ela não se casasse de novo. O padre, homem escrupuloso, mas inclinado demais a se meter no destino alheio, interrogava seu coração. Ele não duvidara de que aquele casamento seria feliz – e, *sub specie æterni*,* não cabia admirar seu sucesso? Qual era seu ganho naquela questão? Como bom pastor, ele só se preocupara com seu rebanho. O padre, sempre que se julgava, absolvia-se, mas não se cansava de reabrir seu processo. Temia ter perdido o discernimento entre o injusto e o justo e não se conformava por hesitar em relação ao valor de seus atos. Humilhado, passou a pontificar menos: para celebrar a missa diária, já não desatava a cauda da batina e renunciou ao tricórnio que o distinguia dos confrades. Todas as suas pequenezas, uma a uma, desprendiam-se dele. Recebeu sem alegria a notícia de que, embora não fosse decano, o bispado lhe concedia o direito de usar a murça sobre a sobrepeliz. Como podia ter se apegado a essas misérias, ele, o guardião das almas? Nada lhe restava, naquele momento, a não

* Do ponto de vista da eternidade. [N.T.]

ser esclarecer sua participação naquele drama: teria ele sido o instrumento dócil de Deus? Ou o pobre pároco rural teria se arvorado substituto do Ser infinito?

Enquanto isso, todas as noites, pela estrada gelada, uma carroça levava o jovem doutor. Através das copas fechadas dos pinheiros, filtrava-se o luar, mal retido pelos ramos unidos. As cabeças redondas e escuras pairavam no céu como um voo imóvel. Várias vezes, a cerca de cem metros do cavalo, sombras curtas de javalis atravessaram de um talude a outro. Os pinheiros afastavam-se em torno de uma nuvem rente ao chão que revelava ser uma pradaria. A estrada fazia uma curva, e entrava-se no hálito gelado de um riacho. O jovem, sob sua pele de cabra, isolado no cheiro da bruma e de seu cachimbo, não sabia que, acima dos pinheiros, estavam os astros. Seu nariz não se elevava da crosta terrestre mais do que o focinho de um cão. E, quando não pensava no fogo da cozinha onde, em breve, se secaria e na sopa na qual despejaria vinho, seus pensamentos se fixavam naquela Noémi que, tão próxima de sua mão, ele nunca tinha tocado. "No entanto", pensava aquele caçador, "eu não errei o alvo; ela está ferida..." O instinto o avisava quando a caça feminina estava encurralada, pedia clemência. Ele ouvira o grito daquele corpo jovem. Quantas mulheres ele já possuíra, proibidas, casadas com homens, e não com uma ruína como aquele Péloueyre! Ferida e desprotegida mais do que qualquer outra, só aquela Noémi seria inacessível? Enquanto durasse a agonia do marido, ela certamente obedeceria ao pudor; mas, antes que o esposo ficasse muito doente, quem teria prendido aquela perdiz meio fascinada? Que ímã mais forte a atraía para a sombra, longe do candeeiro? Outro amor? Ele não acreditava que fosse devota; aquele tipo ele conhecia bem, pensava o jovem doutor: já tivera de se haver com o padre por causa da conquista de uma ovelha. A devota brinca, comete um pecado venial, gira em torno do fogo, queima um pé e, no último segundo, escorrega entre os dedos, como que puxada de volta ao confessionário por um fio invisível. Ele fez planos para quando Jean Péloueyre tivesse "empacotado". Dizia a si mesmo: "Vai ser minha." E ria, dotado da paciência do landês que fica à espera da caça.

Por aqueles tempos, as pessoas devotas da aldeia que entravam na igreja durante o dia e se acreditavam sozinhas estremeciam ao ouvirem um suspiro no coro: quase todos os momentos de liberdade o padre vivia naquela sombra, diante de seu juiz. Só lá gozava da paz, não a proporcionada pelo silêncio das igrejas rurais escuras e como que submersas, mas a paz que nada no mundo pode dar. O sacerdote percebia que havia grande distância entre o pequeno ser enfermiço, aquele Jean Péloueyre mal e mal capaz de limpar os cristais dos candelabros e de apanhar os longos musgos com que as senhoras faziam guirlandas nas vésperas das grandes festas – que havia grande distância entre o matador de pegas-rabudas e aquele moribundo que dava a vida pela salvação de muitos. O padre anulava-se diante d'Aquele cujo segredo é tornar os escravos semelhantes a Deus.

XV

Para Jean Péloueyre, que sufocava, o verão estava mais ameno. Em setembro, frequentes tempestades avermelharam as folhas. O neto de Cadette levava ao doente os primeiros cogumelos e seu cheiro de terra silvestre, distraía-o com as hortulanas capturadas ao amanhecer: ele as engordaria no escuro e as serviria ao siô depois de cozinhá-las num velho armanhaque. Revoadas de pombos-torcazes prenunciavam um inverno precoce: em breve seriam montados os chamarizes na cabana de espera... Jean Péloueyre sempre tinha gostado da aproximação dos finais de estação, daquela concordância secreta entre seu coração e os campos de milheto ceifados, as charnecas fulvas conhecidas apenas pelos pombos-torcazes, pelos rebanhos e pelo vento. Quando, ao amanhecer, a janela era aberta para deixá-lo respirar melhor, ele reconhecia o perfume de seus tristes retornos de caça nos crepúsculos de outubro. Mas não lhe foi concedido esperar em paz a passagem: Noémi não sabia que se deve silêncio aos moribundos; e, assim como outrora não conseguira esconder-lhe a repulsa, agora não sabia eximi-lo de seus remorsos. Molhava a mão dele de lágrimas, ávida de perdão. Em vão ele lhe dizia: "Fui eu só que te escolhi, Noémi... Só eu que não me preocupei com você..." Ela balançava a cabeça, não via nada, a não ser que Jean morria por ela: que ele era nobre e grande! Que ela o amaria se ele se curasse! Que lhe devolveria o cêntuplo daquela ternura da qual tinha sido tão avara. Como Noémi poderia ter adivinhado que começaria a se desprender de um Jean Péloueyre mal convalescente e que ele precisaria chegar à sua hora derradeira para ela finalmente poder amá-lo? Era uma mulher muito nova, ignorante e carnal, que não conhecia o próprio coração. Mas aquele coração de desejos não tinha ardis e era submisso a Deus. Desajeitadamente, ela exigia do moribundo a palavra que a libertaria do remorso. Depois de tais discussões, ele perdia o ânimo e desejava não ficar sozinho com ela; e muitas vezes ficaria (pois o sr. Jérôme estava preso à cama por todos os seus males esconjurados); mas que dedicação o jovem doutor demonstrava! Jean Péloueyre admirava a estranha fidelidade de um desconhecido. Incapaz de sustentar uma conversa, pelo menos desfrutava daquela presença.

Uma tarde, no final de setembro, ele despertou de uma longa sonolência e viu Noémi com a cabeça reclinada pelo sono numa poltrona próxima à janela; atentou para aquela respiração de criança calma e fechou os olhos. Voltou a abri-los quando ouviu o barulho da porta: o médico entrava silenciosamente; Jean, sem coragem de fazer o esforço de dirigir uma única palavra de acolhida, fingiu dormir. As botas de caça do jovem estalaram. Depois, mais nada: um silêncio que levou Jean Péloueyre a observar. O amigo desconhecido, perto da jovem adormecida, mantinha-se de pé. De início não estava inclinado para ela, mas, imperceptivelmente, curvou-se, e sua mão forte e peluda tremia... Jean Péloueyre fechou os olhos, ouviu a voz baixa de Noémi: "Ah! desculpe... O senhor me assustou, doutor; eu estava dormindo um pouco, acho... O nosso doente está abatido hoje... O tempo está tão sufocante! Veja: as folhas nem se mexem..." O médico respondeu que, no entanto, o vento soprava do sudoeste; e Noémi: "O vento da Espanha vai trazer tempestade..." A tempestade era aquele rapaz pálido e furioso de desejo, cujos olhos pareciam "carregados" como o céu. Noémi levantou-se, foi até Jean e colocou a cama de ferro entre si e o homem que a devorava com o olhar. Ele balbuciou: "A senhora deveria se poupar, para seu próprio bem." "Ah! Eu resisto a tudo; encontro forças para comer e dormir como um animal... Como fazem os que morrem de tristeza?" Sentaram-se longe um do outro. Jean Péloueyre parecia continuar sonolento e, sem mover os lábios, cantava para si mesmo, marcando a cesura: "Meu Péloueyre chega à hora derradeira..."

Como se o final da estação o tivesse retido num abraço, em seus véus e em seu odor de lágrimas, ele passou a sufocar menos, a alimentar-se um pouco: foram esses, porém, seus dias de maior sofrimento. À beira da morte, mas vivo, embora não duvidasse de Noémi, quando entrasse na escuridão, com que se defenderia daquele jovem que era bonito? A sombra miserável de um morto não separa aqueles que foram predestinados a amar-se. Nada transpareceu de suas angústias; apertava a mão do médico, sorria para ele. Ah! Mas como gostaria de viver, para vencê-lo e ser preferido! Que sombria loucura lhe havia inspirado o desejo de morrer? Mesmo sem Noémi, mesmo sem mulher, é tão bom respirar o ar, e as carícias do vento da aurora superam quaisquer outras... Encharcado de suor e com repugnância por seu cheiro de doente, ele olhava o neto de Cadette, que, pela janela aberta, lhe estendia a primeira galinhola da temporada... Oh, manhãs de caça! Bem-aventurança dos pinheiros com copas foscas e cinzentas contra o azul, semelhantes aos humildes que serão glorificados! Então, no mais denso da floresta, um caminho verde de pastagens, alnos e névoa denunciava a água viva que o aliósio colore de ocre. Os pinheiros de Jean Péloueyre formam a linha de frente do imenso exército que sangra entre o Oceano e os Pireneus; dominam Sauternes e o vale ardente onde o sol está realmente presente em cada semente de cada cacho de uva... Com o tempo, Jean Péloueyre estaria menos preocupado com seu coração, porque toda fealdade, assim como toda beleza, se perde na velhice; e teria possuído, pelo menos, os retornos da caça, os cogumelos apanhados. Os verões de outrora queimam nas garrafas de Yquem, e os crepúsculos dos anos findos avermelham o Gruaud-Larose. Lê-se diante da grande lareira da cozinha, com as charnecas chuvosas ao redor... Enquanto isso, Noémi dizia ao doutor: "Não vale a pena o senhor voltar amanhã..." Ele respondia: "Vale, sim! Vou voltar..." Noémi compreendia? Seria possível ela não compreender? Ele já se declarara? Jean Péloueyre morreria sem ver o resultado daquela luta junto à sua cabeceira? Até parece que alguém, sabendo que o pobre menino se desprendia do mundo sem sofrer o bastante, estaria tecendo apressadamente certos elos que ele só poderia romper com imenso esforço. No entanto, um a um, todos se romperam até sua última recaída: suas paixões se extinguiram antes dele, e chegou o dia em que ele pôde dirigir a todos o mesmo sorriso, a mesma gratidão sem nuanças. Já não eram versos o que ele repetia, mas sim palavras como estas: "Sou eu. Não temais..."*

* *Mateus*, 14, 27. [N.T.]

As chuvas do final do inverno envolveram o quarto escuro. Por que perguntavam se Jean Péloueyre sofria, já que seu sofrimento era alegria? Da vida, ele só percebia os cantos dos galos, os solavancos de carroça, os chamados de sino, aquele gotejar indefinido sobre as telhas e, à noite, soluços de aves de rapina, os gritos de feras assassinadas. Sua derradeira aurora tocou os vidros. Cadette acendeu um fogo cuja fumaça resinosa preencheu o quarto. Aquele alento dos pinheiros incendiados, que tantas vezes, nos verões tórridos, sua Landes natal lhe soprara ao rosto, Jean Péloueyre o recebeu sobre seu corpo expirante. Os d'Artiailh afirmavam saber que ele ainda ouvia, mas já não via. O sr. Jérôme, com seu roupão sujo de remédios, estava de pé contra a porta, com um lenço na boca. Chorava. Cadette e o neto ajoelharam-se na sombra. A voz do padre, com palavras propiciatórias, parecia forçar portas invisíveis: "Parti deste mundo, alma cristã, em nome de Deus Pai Todo-Poderoso, que vos criou; em nome de Jesus Cristo, Filho do Deus vivo que sofreu por vós; em nome do Espírito Santo, que desceu sobre vós; em nome dos Anjos e Arcanjos; em nome dos Tronos e das Dominações;

em nome dos Principados e das Potestades..." Noémi contemplava-o ardentemente, dizendo para si mesma: "Ele era bonito..." As pessoas da aldeia confundiram o dobre de sua agonia com o Ângelus da manhã.

XVI

O SR. JÉRÔME deitou-se. Os espelhos nos quais, tantas vezes, Jean Péloueyre contemplara sua pobre figura foram cobertos com panos. Seu corpo foi vestido como para a missa maior: Cadette até lhe pôs um chapéu de feltro e colocou um livro de orações entre suas mãos. A cozinha encheu-se de um murmúrio de festa, porque haveria quarenta pessoas na sala de jantar. Algumas arrendatárias gritaram em volta da carruagem, como as antigas carpideiras. Era a primeira vez que o padre celebrava uma missa de segunda classe. Foram distribuídos um par de luvas e um soldo embrulhado em papel a todos os convidados. Choveu durante o serviço, mas o céu clareou até a volta do cemitério. Jean Péloueyre esperou na terra a ressurreição dos mortos, naquele areal seco que mumifica e embalsama os cadáveres; Noémi Péloueyre sepultou-se no crepe negro durante três anos. Seu luto profundo a tornou, literalmente, invisível. Ela só saía na hora da missa e, antes de atravessar a praça, certificava-se de que não havia ninguém. Mesmo quando chegaram os primeiros calores do verão, um colarinho orlado de branco envolveu-lhe o pescoço. Algumas críticas a obrigaram a recusar um vestido de um negro sedoso e brilhante demais. Nessa época, espalhou-se a notícia da conversão do jovem médico: foi notado na missa, durante a semana. Aparecia entre duas consultas. O padre, se lhe pedissem a opinião sobre um acontecimento tão consolador para um pastor, sorria com sua boca sem lábios e como que costurada, mas não dizia nada. Talvez tivesse perdido parte da autoridade e da força de persuasão, pois não conseguiu obter do sr. Jérôme a retirada da cláusula de suas últimas vontades que obrigava Noémi a não se casar novamente. Falhou também quando insistiu em suavizar os rigores de um luto que considerava excessivo. O sr. Jérôme se gabava de pertencer a uma família na qual as viúvas nunca deixavam de se vestir de preto, e os d'Artiailh mostraram muito zelo em manter Noémi naquele sepultamento. Era por isso que, naquelas auroras de inverno em que a igreja é tão sombria, o jovem médico deixava de distinguir a viúva em sua nuvem negra, assim como ela mesma não via o esposo através da lápide selada que todos os dias seus joelhos tocavam. Mal e mal ele vislumbrava, às vezes, a claridade de um rosto vibrante de juventude, apesar do jejum das manhãs de comunhão e da vida reclusa. No dia seguinte à missa de um ano, quando toda a aldeia ficou sabendo que Noémi Péloueyre não deixaria de usar o véu, os sentimentos cristãos do médico esmoreceram. Ele não negligenciou apenas a igreja, mas também seus pacientes. O velho Pieuchon tinha ouvido dizer que o jovem colega bebia e até se levantava à noite para beber. O sr. Jérôme nunca tinha passado tão bem, e sua nora teve momentos de lazer; ocupava-se da propriedade, mas os pinheiros não exigem muita vigilância. Sua piedade sólida, regular, era curta e pouco sustentada por leituras. Não muito capaz de meditar, apegava-se sobretudo às fórmulas. Como não há muitos pobres na terra da resina e em breve se formou um grupo que se reunia uma vez por semana em torno de um harmônio, o rebanho dos filhos de Maria, o que restava a Noémi, a não ser seguir o uso das landesas e divertir-se com a comida, sem excessos? Já no terceiro ano de luto, Noémi engordava, e o doutor Pieuchon teve de lhe prescrever uma caminhada de uma hora por dia.

Certa tarde, quando começava o verão, ela foi até a propriedade chamada Tartehume e, exausta, reclinou-se no talude. Ao redor, as giestas zumbiam como de abelhas, e os moscardos, moscas achatadas, saídos do mato, picavam seus tornozelos. Noémi sentia as palpitações de seu coração comprimido de pessoa forte e não pensava em nada, a não ser naquela estrada empoeirada que uma recente derrubada de pinheiros deixava completamente exposta ao fogo do céu, por onde ela teria de percorrer ainda três quilômetros para o retorno. Sentia que os inúmeros pinheiros, com suas feridas vermelhas e pegajosas, que as areias e as charnecas incendiadas a manteriam prisioneira para sempre. Naquela mulher inculta e sem inteligência despertava confusamente o debate que dilacerara Jean Péloueyre: não seria, por acaso, aquela terra de cinzas, aquela vida eremítica o que obrigava uma infeliz morta de sede a levantar a cabeça, a estender-se por inteiro para o refresco eterno? Ela enxugava as mãos úmidas com o lenço debruado de preto, olhando apenas para os sapatos empoeirados e para o fosso onde samambaias nascentes se abriam como dedos. No entanto, ergueu os olhos, recebeu no rosto aquele cheiro de pão de centeio que era a alento da fazenda e, de repente, ficou de pé, tremendo: um tílburi conhecido estava parado à frente da casa. Quantas vezes, entre as venezianas encostadas, ela tinha visto o brilho daqueles eixos de roda com mais amor do que o brilho das estrelas! Sacudiu o vestido cheio de areia; solavancos de carroças; um gaio crocitou; Noémi, numa nuvem de moscardos, permanecia imóvel, com os olhos naquela porta que um jovem ia abrir. Boquiaberta e com a garganta apertada, esperava, esperava – humilde animal submisso. Quando a porta se entreabriu, seus olhares perscrutaram a sombra na qual se movia um corpo; uma voz conhecida ordenava em patoá enormes doses de tintura de iodo... Ele apareceu: o sol iluminou cada botão de seu paletó de caça; o arrendatário segurou o cavalo pela rédea; dizia que se estava na época de maior perigo de incêndios: tudo ainda está seco, nada verdeja no sub-bosque, e as charnecas não estão sendo inundadas... O jovem recolheu as rédeas. Por que Noémi recuava? Uma força suspendia o seu ímpeto em direção a quem se aproximava, puxava-a para trás. Ela afundou no matagal mais alto que ela; os espinhos arranhavam suas mãos. Por um momento parou, atenta a um ruído de rodas na estrada que ela já não enxergava.

Provavelmente, fugindo assim, acreditava que a aldeia não aceitaria sem clamores que ela decaísse de sua posição de viúva admirável, e que uma cláusula do testamento do sr. Jérôme impediria para sempre os d'Artiailh de consentir no que a sra. d'Artiailh chamava de "um casamento estúpido". Mas tais obstáculos não teriam sido varridos pelo instinto de Noémi, se ela não tivesse sido contida por outra lei mais alta que o próprio instinto? Pequena, estava condenada à grandeza; escrava, tinha de reinar. Aquela burguesa um tanto embotada não podia deixar de se superar: todos os caminhos lhe estavam fechados, exceto o da renúncia. Já naquele momento, no pinheiral cheio de moscas, ela soube que a fidelidade ao morto seria sua humilde glória e que já não lhe cabia fugir dela. Por isso, Noémi correu pelo matagal até que, exausta, com os sapatos pesados de areia, teve de se agarrar a um carvalho mirrado sob o burel de suas folhas mortas, mas todas frementes com um sopro de fogo – um carvalho negro que se parecia com Jean Péloueyre.

La Motte, Vémars, julho;
Johannet, Saint-Symphorien, setembro de 1921

A primeira edição deste livro foi impressa nas oficinas da
DISTRIBUIDORA RECORD DE SERVIÇOS DE IMPRENSA S.A.
Rua Argentina, 171, Rio de Janeiro, RJ para a
EDITORA JOSÉ OLYMPIO LTDA. em setembro de 2025.

*

94º aniversário desta Casa de livros, fundada em 29.11.1931.